一片冰心在玉壶

宫长路 著

沈阳出版发行集团
沈阳出版社

图书在版编目（CIP）数据

一片冰心在玉壶 / 宫长路著. -- 沈阳 : 沈阳出版社, 2021.4

ISBN 978-7-5716-1694-6

Ⅰ.①一… Ⅱ.①宫… Ⅲ.①诗集 - 中国 - 当代 Ⅳ.①I227

中国版本图书馆CIP数据核字(2021)第063974号

出版发行：沈阳出版发行集团 ｜ 沈阳出版社
（地址：沈阳市沈河区南翰林路10号　邮编：110011）
网　　址：http://www.sycbs.com
印　　刷：定州启航印刷有限公司
幅面尺寸：170mm×240mm
印　　张：21.25
字　　数：425千字
出版时间：2021年4月第1版
印刷时间：2021年4月第1次印刷
责任编辑：周　阳
封面设计：优盛文化
版式设计：优盛文化
责任校对：李　赫
责任监印：杨　旭

书　　号：ISBN 978-7-5716-1694-6
定　　价：89.00元

联系电话：024-24112447
E - mail：sy24112447@163.com

本书若有印装质量问题，影响阅读，请与出版社联系调换。

序　言

——序宫长路诗集《一片冰心在玉壶》

索元林

沐浴在平平仄仄的和风细雨中，沿着时而奔放、时而婉约的情绪织就的小径，越走越远，越走越深，不时有一些现代生活的花花草草撩动路边的笑……

这种感觉，恰如清澈远去的溪水，波光中作者的影子时隐时现……

何为诗，诗言志。

宫长路先生的诗集我读得不细，总的感觉：有生活，气势如虹，充满诗情！

"志之所之也，在心为志，发言为诗"。（《毛诗大序》）。比如：1992年发表在《百年风云人物》上的："年轻的志向"：

"人生苦短似流星，但使天地瞬间明。

小草尚知春风暖，何不报国然人生。"读来，给人以触动。

"诗者，吟咏情性也。"（严羽《沧浪诗话》）

"诗是凭着热情，活活地传达给人心的真理。"（华滋华斯语）

"诗可以界说为想象的表现。"（雪莱《诗辩》）

……

这些关于诗的阐释，显然是指诗的文本以外的特征：诗与人的关系，诗与情的关系。

诗的含义，首先不是一种文学样式（在它被付诸文学之前），它是人们感觉和情绪的一种状态。这种状态，是源于生活又超脱生活的，也是一种更高、更纯、更美、更丰富、更圣洁的生活。

于是，诗便有了不尽的魅力。

于是，诗便成为一些人生活的动力。

于是，一些人便终生与诗相依。

不"写"诗的人不一定没有"诗"——因为诗是一种感觉和情绪的状态，可以写出来，也可以用其他方式表达出来，甚至可以不表达出来。

但是，没有诗感的生活是不可想象的！

▶ 一片冰心在玉壶

诗不仅是一种宣泄方式,一种交流方式,一种愉悦方式,也是一种养生方式。近年,医学界认为,诗可以为一些人治病。可见,诗之功效。

一份诗情,是一种生活的质量,生命的品位。

宫长路先生的诗是充满诗情的作品。

日常生活中,有些诗,不一定都有诗情,文坛上那些干瘪枯燥的无诗情"诗作",也是屡见不鲜的。

宫先生有一分诗情,粗犷的作品中便充满着欢乐,充满着歌吟,充满阳光与绿色。

"有第一等襟抱,第一等学识,斯有第一等真诗。如太空之中,不着一点;如星宿之海,万源涌出;如土膏既厚,春雷一动,万物发生。"(清·沈德潜《说诗晬语》)。诗情可贵,但并不是什么人都可以有的。诗情,应当是一种深刻地感觉生活高尚的情感。没有一种高尚的情怀,就很难产生这种情感。可见,加强人品修炼是十分必要的。欲作诗,先做人。这也是人在日常生活中,要永远把自己置于诗情画意情境中的原因所在。

宫长路先生的诗作给了文友们一个机会:更多地、更具体地感觉那分诗情。这也使我想起王昌龄的"一片冰心在玉壶"的诗句。在市场大环境中,在追逐物欲的人海中,还能守望诗歌这一精神家园,确实有一种"冰心玉壶"的执着态度。

生命是一个过程。这个过程若是一条河,诗情更是一叶舟。愿如一和所有的诗友们驾此舟扬帆远航,永远徜徉在美好与欢乐中。

2004年7月于 黑龙江省哈尔滨
(作者:系黑龙江省文联委员、省摄影协会副主席、一级作家)

自　序

  我是在油田工作的，曾经当过五年采油工人，是读着"北风当电扇，大雪作炒面"、"为了拿下大油田，宁可少活二十年"这样的诗词成长起来的。自认为自己的创作显现着"粗狂、豪迈、进取"的风格。本诗集选取了我 1990 年—2010 年间的部分诗篇。二十年的时间，伴随着中国巨大的变化，油田巨大的变迁。但是有一点却没有变，那便是"人生进取精神。"

  我常常思考，一首诗到底带给读者一些什么呢？它不是名言警句，而是一种感染和启迪，诗歌应该是一些清新的空气，一种精神氛围，一种顽强的力度，它直接地感染着读者。

  诗不仅仅是智者之诗，更是情者之诗。我的诗从未流于矫情和虚饰，而是充满丰富的热情与赤诚，在沉静睿智背后燃烧着火热的真情，在简洁凝练里，蕴藏着丰厚的内涵。始终以一颗赤子之心，以自己美丽纯洁的灵魂来表达着对生活，对油田的热爱。天似海／月似船／飘飘悠悠向西天／星星闪闪举目送／老君双手赠金丹／嫦娥情迷赏东海／心摘莲花送人间。——《夜观银河》。站在广阔的大油田上，我想让读者随着诗歌一起感受人与自然的和谐之美。

  罗丹说："生活中不是没有美，而是缺少发现美的眼睛"。 以油田为写作背景，油田的一山一水、一草一木，在我的眼里都是有灵性的，我要用粗犷的笔调写下他的发现。诗歌的神经爬遍了生活的每一个角落。油花，连着荒原／连着四十年的变化／高楼在踏平的干打垒上拔起／现代通信网络，高速公路，四通八达／不见了狗皮帽子，翻毛大头鞋，道道工作服／尽见时髦的衣裳，竞相争华。——《油田如画》。这就是油田上的真实写照。

  诗源于生活，作品中始终洋溢的那种快乐、和谐，这是作者生活的诗意，而我们也从中看到的是那诗意的生活状态，但不是生活的实录，是从心灵深处流淌出来的真情的泉水，是包含了诗人对生活的深刻感悟和思索。如果在诗歌创作中没有真实情感与激情，那写出的作品也不会有生命。

  有深度的诗，总能让人感受到内在的力量，让人读过之后回味无穷。书写的每一个意象，每一种色彩，其实都是自我心理、自我心灵色彩和音韵的外化，表明了精神的升华和诗意的升华。

一片冰心在玉壶

诗言志。我一直践行这一准则，坚信诗应给人以志向，给人以力量。我不姓悲哀 我不姓乐 / 我不姓痛苦 我不姓歌 / 我就是我—— / 身上架着泰山的骨骼 / 血管里流动着的来自黄河 / 我是贫穷 我是坎坷 / 我是没劲的土 我是小草一棵 / 但是困难使人穷则思变 / 磨砺再铸我的品格 / 小草生命顽强 / 汗水会使泥土肥沃 / 我就是我—— / 自卑也不嫉妒 / 幻想明天 不放弃今天 / 不垂钓东海 也不轻视一失一得 / 一步一个脚印 / 实实在在走进生活 / 我是希望的原野 / 我是尊严的雕刻 / 我是奔腾的大海 / 我是发光的电波 / 我是灵魂不死的诗 / 我就是我—— / ——《我就是我》。

我的诗就是我生活的真实写照。

本诗集还收录了几首"中、高考"写作、数理化知识性。这是作者在教学中，根据学生存在的问题所写。能启迪学生的智慧，快速成长。挥秀手请文曲开场 / 扬毫毛泼墨八方飘香 / 勤奋闪化一束金光 / 书写天下锦绣好文章 / ——《祈 福》。石灰石上纹石彩 / 大理石座镶汉白 / 白垩方解钟乳美 / 神人书下碳酸钙 / ——《碳酸钙歌》。清华大学毛峰教授说："此诗给人精神力量，朗朗上口，颇有些诗情画意，宫老师是个天才教育家。"武汉大学在校博士，隋新鸿同学读着这样的诗以作文满分的好成绩，走进武汉大学。宫一天同学，读着这样的诗于2018年港大博士毕业，2019年走进美国哈佛大学，成为研究员。李鸿超同学读着这样的诗，走进西安交通大学，2019年保研上海交通大学。许琪伟同学读着这样的诗走进北京科大，2020年9月将赴英国伦敦大学读研究生。希望这些诗，给中、高考的学生以向上的力量，取得更辉煌的成功。

（宫一天，系作者的学生，1990年生，中共党员，博士，中国科学院深圳先进技术研究院，研究员，博士生导师。

李鸿超，男，系作者的学生，1997年生，中共党员，西安交通大学毕业、上海交通大学在读硕士。

隋新鸿，女，系作者的学生，1996年生，武汉大学在读博士。

许琪伟，女，系作者的学生，1998年生，中共党员，2020年赴英国伦敦大学读研究生。）

目 录

第一章 醒世篇 1

从弱到强 1

说谋士 2

心 2

养子 3

法 3

路 4

棋 5

棋盘 6

写实 7

无题 8

老叟叮咛小孩子说 9

知己 10

一盏灯 10

说人论 11

有感助学 11

分分秒秒莫等闲 12

善恶 12

法下成就 12

待机 13

只是速度生故人 13

狂人与伟人 14

化愁法 14

一片冰心在玉壶

因果	15
仁义的价值	15
消消气	16
常备	17
我信	18
劝世 三首	19
旋转	20
做学问	21
说容	22
我娘说	23
花的生命力	25
运动	27
与学友谈心	27
古筝	29
说愁苦	30
成才吧 孩子	34
一念间	35
简单的道理	36
友情变亲情	38
我娘说过	38
对得意者说	39
有个好心情	39
谦虚	40
金钱是什么	41
命运靠自己	47
陈胜吴广起义	47
感悟大成者和圣人	48

目录

前进之路 ·· 48
上下五千年 ··· 49

第二章 感悟篇ㆍㆍㆍㆍㆍㆍㆍㆍㆍㆍㆍㆍㆍㆍㆍㆍㆍㆍㆍㆍㆍㆍㆍㆍㆍㆍㆍㆍㆍㆍㆍㆍㆍㆍㆍ51

随笔 ·· 51
重阳节有感 ··· 53
夜观银河 ·· 54
面对无奈 ·· 55
学会换位思考 ·· 57
感 风 ·· 57
君子与道 ·· 58
悟 ··· 58
平衡园 ··· 59
月 ··· 60
给后人留下什么 ··· 60
世上人人需要爱 ··· 61
"我要上学"有感 ·· 61
小事与大成 ··· 62
有感人和钱 ··· 63
悟到得道 ·· 64
说感觉 ··· 64
看电影《焦裕禄》有感 ··· 65
出众的特征 ··· 65
说形 ·· 66
无题有悟 ·· 66
大任吉星照 ··· 67
说得心 ··· 67
上下同欲 ·· 68

第三章　哲理篇 ... 69

两个世界 ... 69
极之想 ... 73
果报 ... 83
信息 ... 83
辩证 ... 84
真 ... 85
说法 ... 85
交际者 ... 86
学昉 ... 87
说三宝 ... 87

第四章　精进篇 ... 89

思 ... 89
勉励 ... 90
奋斗者之歌 ... 91
我就是我 ... 92
求真 ... 94
人生路 ... 95
成功者说 ... 96
有感进取 ... 97
状元行 ... 98
身正为范学德文 ... 99
精进人生 ... 100
拼搏制胜 ... 101
致学友信 ... 102
人生与进取 ... 102

精神与成功 106
思考 108
少年照 110
真魂 111
勇士 112
老劳模新的路 114
雪源考研 118
认真的人 120

第五章　报国敬业篇 127

青年志 127
志向 128
成大器 129
站长 130
再看话剧《江姐》 137
那片黑土地 138
勉侄儿坤绪 151
楚汉 153
笑佛 153
赞国信 154
打电话 155
油田 156
我们的富有 161
脚印 166
对得起油田 167
油田专家 170
五千万 171

第六章　共勉篇 · · · · · · 173

好夫妻 · · · · · · 173
好同事 · · · · · · 174
新星赋 · · · · · · 174
神奇 · · · · · · 175
奔前程 · · · · · · 176
题瑞成 · · · · · · 177
情谊无价 · · · · · · 178
题丽凤 · · · · · · 180
高尚立业 · · · · · · 181
业精立身 · · · · · · 182
诚信为本 · · · · · · 183
人师之师 · · · · · · 184
降生 · · · · · · 186
曾经 · · · · · · 187
爱情 · · · · · · 189
冶炼 · · · · · · 191
仙境 · · · · · · 192
送忠惠 · · · · · · 193
送凝菲 · · · · · · 195
送晓辉和景阳 · · · · · · 196
送秀丽和作林 · · · · · · 197
送晓辉 · · · · · · 198
题效华 · · · · · · 199
送世贵 · · · · · · 200
华人处世观 · · · · · · 201
题书麟 · · · · · · 202

扬志	203
永远在一起	204
赠南慧	206
千禧年望年共勉	207
小苗与大树	208
天道公	209
千禧年与宝成共勉	210
千禧年与妙易共勉	211
千禧之年与李东方共勉	212
千禧之年与吴君共勉	213
千禧年与桂英共勉	214
千禧之年与宇宁共勉	215
千禧之年与庆博共勉	216
千禧之年与相玲、艳华共勉	217
千禧之年与苏展共勉	218
千禧之年与王瑞玲共勉	219
千禧之年与秦玉香、李仁荣共勉	219
千禧之年与凤贤共勉	220
千禧之年与金林、庆华共勉	221
千禧之年与赵兄、王姐共勉	222
小茗茗	223

第七章　抒情篇 225

一片云，梦	225
我认识的女孩	232
对面的女孩	237
爱情的力量	239
有感真情	244

> 一片冰心在玉壶

  北极花谷·················246
  一个梦···················247

第八章　中高考篇·················249

  写在学习篇首的话·············249
  高考作文··················250
  祈福····················250
  中国朝代歌·················251
  有感基本功·················251
  少年歌···················252
  九州歌···················253
  中国远古人·················253
  八大行星歌·················253
  感栎····················254
  数学红线歌·················255
  乘方定律歌·················256
  个位是5的两位数平方············257
  对数运算歌·················258
  繁分数歌··················259
  指数函数歌·················260
  奇偶函数运算歌···············262
  乘方含意歌·················263
  幂的正负歌·················263
  立方和差歌·················264
  方程移项歌·················265
  完全立方和差歌···············266
  十字相乘歌·················267
  有理数的乘除歌···············268

8

目 录

有理数的加法歌 ·· 269

去括号歌 ·· 270

合并同类项法则 ·· 271

次数歌 ·· 272

二次函数图像歌 ·· 273

二次函数平移复原歌 ·· 275

二次函数平移 ·· 277

二次函数作图歌 ·· 278

圆弧角歌 ·· 279

圆幂定理总歌 ·· 280

切割线定理歌 ·· 281

相交弦定理歌 ·· 282

割线定理歌 ·· 283

三角形五心歌 ·· 284

垂心 ·· 284

外心 ·· 285

重心 ·· 285

内心 ·· 286

垂径定理歌 ·· 286

一次函数图像与性质歌 ·· 287

反比例函数作图歌 ·· 288

三角函数歌 ·· 289

正切三角函数歌 ·· 290

三角函数实用歌 ·· 291

数羊 ·· 291

数鸡兔 ·· 292

数鹤鹿 ·· 294

9

▶ 一片冰心在玉壶

数梨 ·· 295
化合价 ······································· 296
分子式歌 ···································· 297
碳酸钙歌 ···································· 298
碳酸钠歌 ···································· 299
溶解主歌 ···································· 300
溶解挥发诗 ································· 302
葡萄糖歌 ···································· 302
二氧化碳和氧化钙与水歌 ············ 303
乙醇燃烧歌 ································· 303
碳酸氢钠歌 ································· 304
向石灰水中吹气歌 ······················ 304
高锰酸钾歌 ································· 305
高锰酸钾制氧歌 ·························· 305
氯酸钾歌 ···································· 306
六大白色沉淀歌 ·························· 307
六大营养素 ································· 307
碳酸氢铵分解歌 ·························· 308
硝酸钾歌 ···································· 308
氯酸根歌 ···································· 309
盐酸和碳酸钙歌 ·························· 309
双氧水制氧气 ····························· 310
电解水歌 ···································· 310
九种金属之最歌 ·························· 311
分子量歌 ···································· 311
盐酸和碳酸钠 ····························· 311
煅烧大理石 ································· 312

目 录

二氧化碳歌 ··· 312

电路主题歌 ··· 313

表的接法歌 ··· 314

三种电路歌 ··· 315

右手定则歌 ··· 315

左手定则歌 ··· 315

说功率 ··· 316

声学歌 ··· 318

浮力歌 ··· 319

自然金属特性歌 ··· 320

反射光路图法 ··· 321

第一章　醒世篇

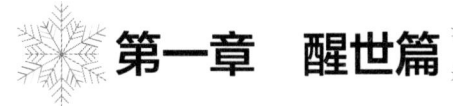

从弱到强

人弱常受气
弱国无外交
锦上添花多
雪中送炭少
不信酒席看
杯杯敬位高
唯是真君子
贫富一样交

没有救世主
智慧加勤劳
河东变河西
楚汉有奥妙
弱者要翻身
平衡是诀窍
胸装天下公
智慧自然高

2001.1.7

说谋士

范增大智献楚王
项羽不听任敢闯
虽是奇将难成就
丢了江山乌江亡
沛公胆战鸿门宴
心中有底仗张良
子房未必强范士
刘邦依计成汉皇

1992.11.11

心

责人之心来责己
恕己之心去恕人
虽说力微莫负重
一丝光亮亦照人
言轻尚能将人慰
良言一句暖三春
世上还是好人多
遇难也能遇真亲
佛家如一讲缘字
人海相遇是缘分
不妨你向寺里看
慈悲菩萨在人心

2001.10.9

养子

养子不教如养驴
养女不教像养猪
但看子孙有成者
哪个不是好父母
留得金银上万两
不如明解一经书
孟母断机岳母字
大德之子好前途
知孝懂恩哪里来
教儿明理孝子出
留得五湖明月在
定出圣贤多福禄

1991.10.1

法

人心如铁
国法如炉
年少无知
去读史书

1997.1.10

> 一片冰心在玉壶

路

官是百姓官
路是百姓路
党里有党章
国里有法度
不信狱里看
天网几时疏

党纪国法严
莫要生糊涂
贪污腐化者
自断自己路
不要存侥幸
水落石头出

罪犯哪个傻
都因走歪路
要为亲人想
心安才是福
棋子一步错
子孙蒙羞辱
做人走正道
百年有前途

1999.10.10

注释：

2001年发表于《家庭杂志》

第一章　醒世篇

棋

有人说
棋如人生
有人说
人生如棋

不管怎样说
棋
要一个子
一个子地出
要一盘一盘地下
出下去就能提高

人
要一步一步地
走出脚印
要一代一代地传
传下去就能进步

1992.1.17

棋盘

棋下输了有下盘
钱赌输了能去赚
鸡猴不收牛马收
考场不中待下年
树不成材再撒种
戏没演好重上台
人生诸多都可逆
子没教好输全盘

1998.10.19

写实

　　一片绿洲会添神州美
　　一道彩虹会使山河醉
　　一朵白云会接神仙来
　　一座高山会使大地威

　　流不断的是那长江之水
　　冒不完的是那户户生炊
　　写不尽的是那春秋冬夏
　　唱不休的是那祖祖辈辈

　　人生几多心酸和心碎
　　人生几多欢乐和舒眉
　　是苦是甜是明还是暗

　　人生也许有许多得意
　　金榜题名商海得利
　　加官进爵诗情画意

　　人生也许有诸多失败
　　名落孙山贫穷失意
　　宦海沉浮冰霜雪雨

　　人生有许许多多多多许许
　　都是生不带来死不带去
　　最成功是子孙知书达礼

一片冰心在玉壶

人生虽有长短没有高低
上世下世荣辱谁人能见
最失败是后人没有出息

人生常有别离没有忘记
佛说世界聚散都因缘分
最苦的阴阳两界再不聚

人生呀就是事事都相通
东逝水一泻千里不回头
最要紧的是抓住不可逆

1998.1.7

无题

沧海茫茫巨浪翻
汉水静静悄无言
敢问八仙何处寻
云在心里七窍烟
斗酒凭栏喊大海
豪气贯虹冲云天
世上举步多坎坷
九州在心撒星繁

1994.1.1

老叟叮咛小孩子说

不听老人言
吃亏在眼前
面对过来人
小儿不知天
不晓海多深
不辨河多宽

羊去陪狼戏
牛敢伴虎眠
肚里学问少
为利法敢犯
缺乏自制力
兴趣就是天

船漏敢探海
事来不听劝
出马一条枪
人前自己贱
得意就忘形
敢坐金銮殿

亲朋话不听
父母靠边站
朗朗大世界
法纪大如天
从小走正路
长大前程远

2001.8.29

知己

好马伯乐千里寻
是金自有识金人
好文总是书相伴
人善才能遇良人
莫要对天有哀怨
阴阳平衡因果真
人以群分物类聚
看看朋友知自身

1991.10.17

一盏灯

锦上添花未必友
雪中送炭是真朋
虽然点了七层塔
不如暗处一盏灯

1992.11.10

第一章　醒世篇

说人论

吃饱没事养养神
东长西短多烦人
谁人背后无人说
哪个背后不说人
不妨用心品一品
若有来说是非者
无疑便是是非人

1999.11.10

有感助学

有饭送给饥饿者
有话赠予明白人
希望工程出把力
不用烧香也成佛

1999.8.18

> 一片冰心在玉壶

分分秒秒莫等闲

枯木逢春犹再绿
人无两度再少年
古今中外大成者
分分秒秒莫等闲

1991.8.29

善恶

人恶人怕天不怕
人善人欺天不欺
善恶到头终有报
史书教你知天机

2001.8.19

法下成就

惧法朝朝乐
欺公日日忧
君子知乾卦
不肯上福楼

1996.8.7

待机

黄河尚有澄清日
岂可人无得运时
莫问好事何时到
上帝垂青有备人

1996.9.17

只是速度生故人

无前无后无离分
只是速度生故人
太阳累了星眨眼
多少圣贤叹云飞

1993.7.10

▶ 一片冰心在玉壶

狂人与伟人

十个能人九个狂
一个不狂是伟人
狂人建功本事大
伟人成事靠众人
狂人世界是自己
伟人生在民心里
狂人常把个人显
伟人为人无自己

1991.1.1

化愁法

药能治假病
酒不解真愁
若有烦心事
走进书里头

1992.7

因果

种瓜得瓜
种豆得豆
一切祸福
自作自受

1993.9

仁义的价值

做人做事要问心
好人君子礼智信
万两黄金如粪土
一分仁义值千金

1992.9.2

消消气

遇事冷静占住理
在外少要耍脾气
忍一时看海湛蓝
让一步厚天依地
万事认真别较真
较起真来都失利
遇事相互多体谅
谁都难免不如意
利益面前互尊让
争者不足让有余
人生都是一过客
何必非要比高低
世界为大我为小
精诚团结显威力
道讲金丹人永生
佛说轮回六道里
天下万物皆因缘
珍惜百年今相聚
时空悠悠无边际
瞬间换了新天地

1996.10.7

第一章 醒世篇

常备

晴天防雨带把伞
丰年常要当荒年
大水来了修堤迟
森林燃起防火晚
人生路上陷阱多
未雨绸缪是高见
祸福相依常有变
阴阳互化亦自然
因果关系想一想
有备无患保平安

1992.9.17

▶ 一片冰心在玉壶

我信

越冷越打战
越热越出汗

火烤胸前暖
风吹背后寒

越求越没有
越躲越靠前

越旱越没雨
越烦越添乱

天下多少事
最贵数心愿

　　　　　　　　　　1997.12.13

第一章　醒世篇

劝世　三首

①

金银把福买

提防钱买灾

小儿贪享受

甘尽苦就来

人生靠勤奋

汗水浇花开

②

金钱填不满

灵魂深处的空洞

投下金砖

返回来的是空洞的回声

人需要一个精神追求

心里充实幸福一生

③

赌近盗兮毒近杀

堕落腐化是亲家

人生不过三万日

清白入梦论潇洒

做人知耻近乎勇

夫妻双双赏晚霞

1997.9.19

旋转

月儿行哟
星儿闪
太阳追月
云赶电
花迓春风百花妍
春梦醒来又春天

月儿行哟
星儿闪
苍天转地
地转天
哭哭笑笑色界里
哭着离去哭着转

月儿行哟
星儿闪
光电无情
雷呼唤
人生虽长又很短
阴阳平衡万万年

1996.9.11

做学问

NO
才高八斗五车富
学问多得经满腹
一生沿着脚印走
唯无路在无路处
YES
人生未必登云梯
走出新路是前途
工夫用在新字上
大千世界添明珠

1998.1

说容

①容人
宽容待人心意诚
容长容短容人生
容长师在三人行
容短旨在度众生
九九归一修心性
容天容地得平衡
人间自有真情在
花开笑口报春风

②容天
容不得别人
就是容不得自己
容不得芸芸众生
就是容不得天地
容不得天地
何以成就一番事业

因此 容人者得人
所以 容天者得天

1995.6.10

第一章 醒世篇

我娘说

①我娘爱说
人敬有的
狗咬丑的
三十年河东变河西
别学那些势利小人

天上下雨地下流
哪片地里都湿透
老天爷是公平的

船到江心撑一竿
就是仇家也谢天
长一颗菩萨心肠

②我娘常说
人
没有走不着的路
没有过不着的桥
人
没有求不着的人
没有遇不到的关
因为
脚下，没有都是平坦的路
头上，不能总是晴朗的天
所以
做人，不能太刻薄尖酸
应该，宰相肚里能撑船

一片冰心在玉壶

当然
待人，要和和气气相处
千万，莫为名利闹争端
因此
处事，不是原则好商量
只要，相互理解天地宽

③我娘总说
莫多言，少结怨
低头不见抬头见
与人为善与己善
与人方便己方便
以德报怨真君子
百年人生天地宽

2001.10

花的生命力

有的花儿
在家乡鲜艳美丽
一换了土地便根枯神离

有的花儿
在哪儿都可开放
哪怕陡崖峭壁迎着雪雨

有的花儿
养料充足芬芳扑鼻
条件差一点便香消魄去

有的花儿
皮皮实实毫不娇气
在沙漠里也昂首奔放欢欢喜喜

做人大抵也是如此
拿花比人符合易理
推天理而后明人事
是伏羲造易的天机

当成败面对着自己
能否胜不骄傲输长志气
在恶劣的环境当中
能否腰板挺直神不屈
在不同秉性人群里
能否凝聚信任维护你

▶ 一片冰心在玉壶

倘若 NO
就要抓紧修炼和学习
如果 YES
祝贺您具有强大的生命力

2001.12.11, 辰时

运动

马瘦毛长耷拉鬃
人穷说话不中听
莫叹今世命不济
但求向上志气生
富不生根是古训
穷不掉底理更明
阴阳宇宙论运动
人间也在运动中

1991.12.7

与学友谈心

①
学海无涯靠勤奋
重任在肩须用心
少年得志贺喜多
谨防自己常拨云
人在高处不胜寒
心属群众系故音
一番大业将士力
百姓拥戴路自锦
②
事业有成把师寻
人人有长带在身
筷子典故要神会

一片冰心在玉壶

三讲理论指南针
个人主义要不得
谁个一人定乾坤
众志成城无高山
创造历史是人民

③
一人力单薄
独树不成林
二人力量大
有难双肩分
三人一条心
黄土变成金
虽然家常话
品品理却深

2001.12.1

古筝

雕古筝的人
一双神手
献出仙界珍宝
写琴乐的人
一颗慧心
传出天宫的曲韵

传古筝的人
把远古的琴音
带给今天的人
弹古筝的人
把今天的旋律
传给未来的人

远古的琴音
带着远古的仙境飘来
今天的旋律
向着未来荡漾着今天的神韵

2001.12.10

注释：

我在见中方法师时，谈及他要创办"少儿古筝学校"弘扬中华文化。有感出家人仍有振兴中华文化的抱负，而写下此诗。我想说谢谢发明古筝的人，谢谢谱琴曲的人，谢谢弹古筝的人，谢谢中方法师。

一片冰心在玉壶

说愁苦

引子：

  有人因病痛而愁苦

  有人因容貌而愁苦

  有人因别离而愁苦

  有人因落榜而愁苦

  有人因失恋而愁苦

  有人因同事不理解而愁苦

  有人因家庭不和睦而愁苦

  有人因不能上学而愁苦

  哎

  愁苦

  有人因没有职业而愁苦

  有人因困难而愁苦

  有人因失足而愁苦

  有人因子不长进而愁苦

  有人因女不争气而愁苦

  有人因妻不贤而愁苦

  有人因夫不正而愁苦

  有人因家无隔夜粮而愁苦

  哎

  愁苦

  有人因暴发怕打劫而愁苦

  有人因政策对自己不利而愁苦

  有人因生存环境而愁苦

  有人因社会风气而愁苦

有人因无处诉苦而愁苦
有人因无处说理而愁苦
有人因别人有苦而愁苦
有人因家乡落后而愁苦
有人因单位不景气而愁苦
有人因国不统一而愁苦

有诗云：
这愁苦呀那愁苦
愁苦越多越愁苦
虚无缥缈添愁苦
实实在在有愁苦

①愁苦者
多少人在愁苦中
祈祷着上帝
多少人在愁苦中
泣诉给菩萨
多少人在愁苦中
无奈地消失
多少人在愁苦中
仍闪着生命的火花

②愁苦是什么
如果说愁苦是眼泪
它应该是波涛汹涌
如果说愁苦是寒冷
它应该是风雪交加
如果说愁苦是火焰
它应该是火山迸发

一片冰心在玉壶

波涛汹涌的眼泪
浇灌着干旱的大地
风雪交加的寒冬
展示着青松的挺拔
火山迸发的火焰
呼啸着把世界熔化

③面对愁苦
科学地看待愁苦
乐观地对待愁苦
理智地正视愁苦
积极地战胜愁苦

如果愁苦只是暂时的
你用胯下马蹄踏平它
如果愁苦会伴随一辈子
你用心灵战胜它

如果一旦被愁苦推倒在地
你用双手抠住
冻裂土地上的空隙
往前爬

如果你正在愁苦中挣扎
你就喊信念万岁
如果你正在与愁苦搏斗
你就喊不服万岁

如果你的肉体被愁苦撕碎
你就喊灵魂万岁
如果你战胜了愁苦

第一章　醒世篇

你就喊精神万岁

人生无论面对的是什么
都要不停地高呼
人民万岁
人生万岁

2001.12

一片冰心在玉壶

成才吧 孩子

——对在网吧的学生说

网上网下聊得欢
游戏时间再不见
人在少年不努力
老大悲伤也枉然
趁着春天多流汗
待到金秋笑开颜
参天大树做栋梁
父母高兴国更坚

人非圣贤谁无错
能够改过就好汉
逆水行舟凭毅力
勇往直前靠信念
四大发明前人能
现代科技作贡献
独善其身平天下
报效中华热血燃

2001.10.1

第一章 醒世篇

一念间

星光闪
月儿如船
天堂地狱一念间
走龙宫
日偏南
人生一世不一般

1999.1.1 追忆故友

注释：

人生希望的和得到的有时不是你的选择。人的生命也是很脆弱的，稍有不慎，便撒手人寰。

简单的道理

人间有因果
付出有回报
汗滴禾下土
果实才丰登
量小非君子
度大宰相明
寒门出孝子
白屋长功卿
男儿当自强
将相本无种
时时求精进
充实度一生

家中尽孝
国家尽忠
但做好事
莫问前程
茫茫天地
亿万眼睛
半斤八两
一斗十升

语失皆因酒
义断常为钱
贼性赌场起
丧志抽大烟
悬崖早勒马

回头金不换
长得正气在
爹娘尽开颜

上山擒虎易
开口求人难
人在落难时
滴水胜涌泉
白云朝朝过
青天岁岁安
日红僧早起
晨钟惊地天

1992.1.10

▶ 一片冰心在玉壶

友情变亲情

人无千日好
花无百日红
天也有阴晴
人无总高兴
同事常相处
理解最为重
以心来印心
友情变亲情

1994.5.8

我娘说过

一个老钱①一斗谷
没有老钱守着哭
丰收之年防荒年
勤俭节约大德人

想想粒米一滴汗
更觉我娘话语真
天人效应大道理
铺张浪费是罪人

2001.12.1

注释：

①民间称有眼铜钱为老钱，称无眼铜钱为铜子。

对得意者说

春风得意笑盈盈
阖家欢喜乐亲朋
人间之事多分寸
时时事事求平衡
阴中阳生阳负阴
万般得意莫忘形
自是千般春风暖
精进向上得成功

2002.7.21

有个好心情

心宽天地宽
万事别心烦
阴阳得平衡
笑声远远传
朋友来相助
悠悠在人间

1995.5.8

谦虚

你好高，我妄大
自高自大臭天下
莫自高，别自大
天人合一无高下

1999.9.1

第一章 醒世篇

金钱是什么

引子：
金钱是什么
历来就是重要的话题
两种相反的说法
水火对立
公说公的对
婆说婆的理

有人说
金钱是天堂
有人说
金钱是地狱

有人说
有钱能使鬼推磨
有人说
金钱不是万能的
就是无情的洪水来临之际
有人为钱
舍了命
有人把钱和命
献给了灾区

观古往今来
谁说透
金钱的魅力

41

▶ 一片冰心在玉壶

有两袖清风的
廉洁官员
有两袖金风的
贪官污吏

有人视金钱如粪土
决不被金钱左右
有人是拜金主义
跪下来甘做金钱的奴隶

有人在钱与命的天平上
钱比命重
有人在钱和命面前
把品格看得与天齐

金钱是好东西
有人说：
有啥别有病
没啥别没钱
钱多了没用
没钱却是万万不能的
金钱能换来
柴炭 粮油 大米
于是
钱是个好东西
金钱能换来
时装 家具 貂皮大衣
于是
钱是个好东西
金钱能换来
工厂 机器 土地

第一章　醒世篇

于是
钱是个好东西
金钱能换来
轿车 洋房 现代电器
于是
钱是个好东西
金钱能换来
佳肴 仆人 美女
于是
钱是个好东西
金钱能换来
乘着飞机
游山玩水
于是
钱是个好东西
金钱换来了
温饱 满意 神气
于是
钱是个好东西
真个是
有钱游遍天
无钱寸步难移
于是乎
钱真是个好东西

金钱不是万能的
有人说：
钱财身外之物
生不带来死不带去
钱虽好
不是万能的

一片冰心在玉壶

金钱能买到是神气
买不来豪气
金钱能买到是满意
买不走空虚

金钱能买到是傲气
买不来骨气
金钱能买到是说了算
买不来真理

金钱能买到是仆人奴隶
买不到他们的忠义
金钱能买到通向庄园之路
买不来道义

金钱能买到是享受
不一定是福气
金钱能买到子女的豪华
买不来子女人才济济

金钱能买到的是药
买不回无命的身躯
金钱能神奇般使人应有尽有
往往福兮祸所伏

自古有多少金银为马玉为盆的人
谁拦住了三十河东与河西
古往有多少金银成山的人
无一人能买通阴间之路把它们带去

金钱的天堂在哪里

第一章 醒世篇

古人说：
月满则亏
水满则溢
树大叶满
钱大行善

扶贫助学
救济灾区
把金钱化作善举
积善之家庆有余
金钱是天堂
天堂里有你

兴科兴农
笑收金星金粒
把金钱变成众人的丰收
为众人所需
金钱是天堂
天堂里有你

攒下金钱追命鬼
交下朋友护身皮
把金钱变成朋友
前程光明梦里喜
金钱是天堂
天堂里有你

人一生要做主人
不能甘做奴隶
金钱虽诱惑神奇
充其量是工具

一片冰心在玉壶

身外之物何足一提
葛朗台算什么出息
源于社会服务社会
是真正的大气
你为人民人民为你
是人生的真谛
这就是金钱的天堂
你就在天堂里

2003.3.15

命运靠自己

世界茫茫有定律
苦变甘甜靠努力
精进向上立身命
功败垂成靠自己
人非圣贤学圣贤
好心感动天和地
汗水落地化金星
服务人民路普曦

2003.3.15

陈胜吴广起义

百姓仇恨二世皇
山呼海啸风雨狂
陈胜吴广二英雄
起义造反大泽乡
天下豪杰齐响应
当推大将属项梁
庄贾变节杀领袖
悲化力量天掀浪

2003.1.26

一片冰心在玉壶

感悟大成者和圣人

慧风荡尽障眼物
佛光催开莲花湖
心月圆明朗中天
善念俯首造民福
红尘送来是磨砺
境界长出不弯骨
人生一世谁千秋
身前身后大丈夫

2003.1.1

前进之路

鸟翔天　鱼游水
人生有顺也有背
大成并非全靠天
路靠人走　事在人为

古有英杰兴中华
亦有凡夫立丰碑
莫道东海天有边
毕生精进　一身金辉

2003.3.15

上下五千年

上下五千年
系我三铜钱
微含双看世界
天下一目了然

一部经书天下传
乾坤灿烂
谁说世界不可知
看我三铜钱

人生一世几十年
草木一般
不问周公在何方
仙气在人间

1993.9.1

第二章 感悟篇

随笔

常欲书
常牵腑
常想千言诉

奈何心事重
羊毫轻
不能任心吐

镜里是空
空是色
愿向西方拜佛祖

常糊涂
常禅悟
常唤云和雾

一瓢晨露晶
月光重
人生道几路

▶ 一片冰心在玉壶

     小隐山林
     大隐世
     留下品格任千古

          2000.1

重阳节有感

常读圣贤书
脚下走正路
不为青史名
成败都知足
参商不常见
亲朋常互抚
穷富都乐呵
健康就是福

人生几十年
莫要红楼度
重阳年年有
熟人不作古
善心行好事
善行走好路
平安才是真
哈哈就是福

1999.9.9

一片冰心在玉壶

夜观银河

天似海，月似船
飘飘悠悠向西天
星星闪闪举目送
老君双手赠金丹
嫦娥情迷赏东海
心摘莲花送人间

1996 年中秋

面对无奈

面对浮云
无奈
面对白发
无奈
面对下雨
无奈
面对狂生
无奈

天底下
一大堆无奈
大地上
一大堆无奈
人世中
一大堆无奈
无奈中要么爆发
要么死去

也许无奈
就是无奈
无奈哭着来
无奈笑着去
也许无奈
另有一番天地
真的哭着来
真的笑着去

▶ 一片冰心在玉壶

无奈吗
它真是无奈
它是苍天
它是大地
它是运动
它是真理
它是奋斗
它是动力

如果没有
无奈存在
便没有了
这五光十色的世界
没有了
五光十色的世界
也就没有了
在无奈中向上的人类

1991.11.12

学会换位思考

若要断酒法
醒眼看醉人
当事常糊涂
外人看得真
心里装不下
去问无心人
欲得真功夫
常修局外人

1991.1.1

感 风

戊寅年秋。 未时，秋风入室群书翻飞，字稿飘扬神交有韵，随笔。

窗外仙气入房中
室内文书舞恋情
不问文曲何因至
苦修圣书悟字灯

君子与道

君子爱财
取之有道
君子舍财
施之为道
道生君子
君子修道

1991.2.21

悟

①
天分黑白两循环
人有生死两不见
月有阴晴与圆缺
前因后果在世间

②
天上日月两重圆
地下有女也有男
茫茫宇宙谁主宰
看看流水与高山

1996.4.8

平衡园

眼望星星是理想
脚踏实地长长长
天边高人远又近
自知付出自知量
并非圣贤天偏爱
只是愚人离阴阳
自古英雄泣鬼神
平衡园里有称量

1996.8.1

月

月有山　月有仙
月有实　月有幻
月有早　月有晚
月有情意月觅缘

月有明　月有暗
月有圆　月有弯
月有盘　月有碗
月有变化月悠然

月有暗　人不暗
月有晚　人不晚
月有弯　人不弯
月悠然　人悠然
天地平衡两悠然

1997.8.15

给后人留下什么

钱财好得不惜命
位高权重更倾城
两物不是唯一求
留下什么给后生

1996.9.1

世上人人需要爱

两山相望微微笑
江河通达浪逍遥
世上人人需要爱
舍己为人品德高

2001.11.22

"我要上学"有感

春夏秋冬天时中
万紫嫣红竞春风
明月有情书光闪
性高白梅放寒冬

2001.11.22

> 一片冰心在玉壶

小事与大成

眼高手低不中用
做好小事是高明
沧海广大涓涓聚
细节之中论输赢
莫把英雄比神仙
平凡之中出英雄
平常心态观世界
小事成败定大成

1999.10.10

有感人和钱

引子：

有钱不如有人
有人不如有用
有用不如有义
多少过眼云烟
惟义生生年年

①

有用不如有义专
义字为首日中天
自古雄才成大事
都是豪气义伟男

皇叔因义聚英雄
关公忠义美名传
有义方能共命运
患难与共义当先

②

有钱不如有人缘
以人为大天地宽
万物灵长本是人
有人才会有神仙

一人不抵路不平
众志削平昆仑山
天雷隆隆谁敲响
黄河滔滔唱云天

2001.10.10

> 一片冰心在玉壶

悟到得道

金子土里生
金丹岂能耕
厚德载天地
虚谷盛万种
悟到方得道
功在悟之中
禅智定慧里
月满便空明

2002.12.1

说感觉

感觉生命同时生
感觉终止命亦终
文豪笔下雕感觉
伟人大略感觉中

1994.9.9

看电影《焦裕禄》有感

远敬外表近敬财
朱门只向权贵开
人间谁为最珍贵
一颗赤心天下爱
纵观历史五千年
人民之子万万载

2000.11.15

出众的特征

山不在高有仙则名
水不在深有龙则灵
友不在多一知己足
艺不在多一绝则成
将不在广有谋则强
年不在长有志则雄
官不在大公便生威
声不在高有理则鸣

2001.12.29

说形

道本无形生有形
有形原本属无形
迷人只求有形事
智者无为既有形
无为而为做大事
不让名利占此生
有形身躯交人民
无形精神化有形

1995.7.1

无题有悟

先天之先不为先
后天之后不为后
无处寻首也无尾
没有高低无上下
人生究竟有多长
拿来时空自己量

1996.1.1

大任吉星照

风疾雁声高
马嘶将军豪
水清山色秀
江波日影摇
雪染青松绿
雨洗大地娇
苦其心志者
大任吉星照

1991.1.10

说得心

过去心不可得
现在心不可得
未来心不可得
只缘心不可得

若要正其行
必先正其念
若要得其心
必先心得天
若要心得天
必先得民心

1996.4.8

上下同欲

——评德金

一股大气竞上进
万股豪情业如春
仰首一杯敬大家
友如沃土人是金
德才兼备天地广
马啸荡云撼人心
从来雄才人气旺
上下同欲开乾坤

2002.6.1

注释：

韩德金，男，1965年生，在读博士，大庆油田勘探开发研究院副总地质师，时任开发二室主任。

第三章　哲理篇

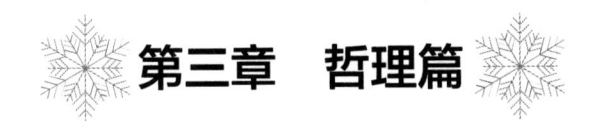

两个世界

是民是王
是男是女
是日是月
是形是神
见到山上水
看不到山下岩
见到树上花
看不到树下根
一柔一刚
一阴一阳
这就是两个世界
世界的两个天地

男和女
生出一个人类
王和民
组成一个社会
日和月
连成一个日子
阴和阳
化出一个宇宙

▶ 一片冰心在玉壶

这就是两个世界一个**整体**
一个整体由两个天地组成
其小无内其大无外
旋转成一个球体
球体因于运动
旋转起来产生能量

男者知男
女者知女
民者知民
王者知王
柔者知柔
刚者知刚
根者知根
叶者知叶
山者知山
浆者知浆
形者知形
神者知神
阴者知阴
阳者知阳
月者知月
日者知日
两个世界
一半茫茫

知女者男
壮
知男者女
强
知民者王

明
知王者民
康
知山者水
泉
知根者花
香
知日者月
圆
知月者日
强
刚柔相合
负阴抱阳
这就是异性相引
它是平衡的能量

不识男者女
亏
不识女者男
伤
不识民者王
败
不识王者民
亡
不识树者根
枯
不识根者树
晃
不识山者水
干

▶ 一片冰心在玉壶

不识水者山
黄
不识底者山
崩
不识山者岩
浆
不识人者己
愚
不识己者人
盲

滴水穿石是功夫
柔者常常亦克刚
要使乾坤长长在
阳知阴来阴识阳

2001.9

极之想

在坐标系里极是什么
它是一条运动轨迹的顶点
顶点之后它必衰减下降直至消亡
在数学的极限里可见到
Limit 之后是量到质的变化

在人生中极是什么
它是度量生命中的最高点
极之后它一步步走向夕阳
在现实生活中常常见到：
年少无知
戏光阴
老年人最无奈的是对
青春的渴望

极告诉我们什么
过正必须矫枉
太硬易折
太软易遭列强
硬不软方见大世面
高人正是动静相当
看沧桑变化
长久者都是
刚中揉柔
柔中带刚

一片冰心在玉壶

你在乎极之理吗
极之理
你是顺从还是反抗
回答此命题的对错
有两个结果
一个是失败
眼泪里诉说着悲伤
一个是成功
欢笑中品嚼着蜜糖
简单的极之理
可以把人踢进地狱
神奇的极之理
能够把人送入天堂

我们如何运用极之理
我们如何变成极之理高手
惭愧得很
我也是 don't know
我只知道极点就是中点
旋转起来就是无边的力量

不过听人说过极之理的用法
它们大致来讲
做人不可太清高
也不可卑躬
一屈一张
外弱内强
凡事把握好火候
言行举止适当
穷交富维
官民无妨

第三章　哲理篇

忍不是奴性
谦和恭让
雪中送炭
德高善良
锦上添花
只为礼尚
心静如水
少言多望

做人要有
智慧和度量
莫做小肚鸡肠
看大事
不要在芝麻小事上
做文章
抓方向
不要鼠目寸光
奔前程
不要彷徨
重因果
不要不测未来海航
惜光阴
不要犹豫
该断的断
该往的往
该干的干
该挡的挡
该推的推
该让的让
智慧在先
阴暗敢闯

▶ 一片冰心在玉壶

做人
不要太苛求
较真太多
太高奢望
难得糊涂
心里亮堂
不做名利客
路在远方
不敢天下人为先
正是向上
走道看清脚下
求个稳当
为民不负皇天
为官造福一方

做人要把矛和盾
握在手中
该说则说
当讲则讲
该管则管
有求方帮
话不过头
事留商量
看大为高
盯小入网
干好小事为高
眼高受伤

万事都须有个界限
善正相当
中庸高见

第三章　哲理篇

恰到切入点上
坎到有坤土
兵来用将挡

做人要有标准
晓得尺短寸长
标准下是浊气
清在标准之上
侍主要择明主
看人双目要亮
不妨用一下试金石
量量选择是偏下还是向上

做人
不可过柔过刚
要阴阳相济刚柔得当
太刚容易折断
太柔导致奴相
人前心态要好
最好是外柔内刚
弱者无敌
是处事哲学也是剑隐寒光
不妨试验一下
以少胜多以弱胜强

做人
要有一股浩然正气
含着威严
未入禁地破规
不懂禁地情况
未闯魔界天地

▶ 一片冰心在玉壶

不懂鬼的伎俩
没见过大世界
不懂世界规章
没进过反面教堂
不懂辩证这个魔方
那会遭暗算败北
被钉在关口的门框
死也许并没什么
反正春生冬亡
最要提防自己的人生
起码不要连累儿郎

花尚能飘香一春
轰轰烈烈
当然是志者的希望
人至察则无徒
水至清则无鱼
这止是古人论极的思想
郑板桥难得糊涂
闪出智慧光芒
纪晓岚桌下诗韵
平衡金銮帝皇
李闯王过年太早
项羽虽勇太莽
惠王信佛太执著
赵高太怕金强
圆圆的太极图
黑白各是参半
一个黑鱼
一个白鱼
代表着道

是一阴一阳
黑鱼里有白眼
白鱼里有黑目
所以
你要清醒
因此
你需要精神
向上的力量
双手握住标准的尺子
用理智去闪感情的光芒
不然你会
吃亏上当
哭笑无常
甚至把身心弄脏
所以
你不要把社会看得太美好
因此
不能以为到处是佛光
不然
你会掉进甜言的陷阱
掉下去
狰狞的魔鬼会笑着
把你血肉舔光
喊醒你要警惕
先把自己提防
如果您是弱者
别把眼泪送给豺狼
如果您是强者
莫给小人瞎送春光
西方净土是追求
桃花源原本是理想

一片冰心在玉壶

只要宇宙还存在
世界就有阴暗和明亮

告诉你
也别把这个世界看得
太灰太脏
不然
你生命之花就会衰落
甚至使得你的心灵扭曲受伤
不然
你顽强意志就会消沉
甚至你会去追
那西下的太阳
不然
命自我立会失去源泉
甚至你
一生没心思精进向上
不然
你的灵魂会害怕魔鬼
甚至你会醉生梦死放弃天堂
好人坏人
同在一个空间
就像阴阳消长
好人
在斗争中前进
坏人
在捣乱中灭亡
在与小人较量中
你会发现君子正在成长
在与黑暗斗争中
你会明白一缕光

第三章　哲理篇

为什么
那样明亮
在与魔鬼斗法中
你会发现魔鬼正是
成佛的力量
当你累了
就去睡一觉
攒攒精神
储备能量
当你惑了
就去想一想
用你的智慧
驱走迷茫
你要永远记住
命运在你的手里
邪不压正
正镇邪
乌云天短
晴天长

人生难免会有
喜悦和忧伤
不管你是平民
还是国王
要紧是面对
失败和挫折的态度
是退却还是向上
它决定你生命的质量
我告诉你用不着失望
失败是成功之母
挫折能使人

81

> 一片冰心在玉壶

总结经验变得坚强

树立不怕失败和挫折的信念
这信念是调出潜能的磁场
这磁场是个太阳
载着你奔向胜利的殿堂
要有我能成的信念
这信念就是能量
这能量力大无边
定会铸造出
你人生更大的辉煌
要树立
命自我立的信念
这命自我立是
大众的实践
圣人的思想
面对茫茫宇宙
一步一个脚印精进向上
把自己熔化在人类的
贡献之中
你会放出光芒

2001.10.11

果报

一分耕耘一分报
春种秋收跑不了
多种方能多收成
种少结果收得少
不种当然没得收
收获毫厘差不了

1999

信息

红霞白云在色中
远看宇宙空非空
人人都云色变色
不知信息是真宗
盘古开天它同在
化育万物人得生

阳中阴来阴阳生
万物原本一祖宗
阴不消来阳不灭
你我互化才共生
物质不灭天不灭
信息不灭是平衡

1995.7.1

一片冰心在玉壶

辩证

是真是假
是实是幻
是有是空
是来是去
是生是死
是聚是分

是大是小
是长是短
是远是近
是上是下
是好是坏
是苦是甜

世人知是
是知人世
不是还是
是还不是
悠悠宇宙
阴阳辩证

1996.7.10

真

高山山高卧虎
水深深水藏龙
色空空色有性
求真真求平衡

1993.3.3

说法

天下万物源于空
一字为形是真宗
世人行走向何方
物有所长术专攻

1991.6.6

一片冰心在玉壶

交际者

世人皆在交际中
纵观交际有秘宗
败有原因千千条
胜有高招凭四性

①
一胜当属思想性
洞察万物看得清
说话句句富哲理
含义深刻字字星

②
二胜在于逻辑性
头脑思维理得清
话语一环扣一环
条理清晰层次明

③
三胜要属情感性
话语温暖宽人情
出口富于感染力
以情动人是情圣

④
四胜语妙平仄性
讲幽默谈笑风生
抑扬顿挫声调好
引人注意享美声

2001.9.1

学昉

天地万物都闪光
色界黑白与红黄
物种竞天齐努力
老少都会比高强
人间正邪两条路
都在善恶两念上
一生参悟圣贤书
心装乾坤路自昉

1994.8.1

说三宝

佛之三宝　佛法僧
道之三宝　道师经
如一三宝　道善正
天之三宝　日月星
地之三宝　水火风
人之三宝　精气神
命之三宝　心身性
财之三宝　聚留生
运之三宝　时势气
时常悟道　常得到
儒释道经　字字宝
性定生慧　得法宝

第四章 精进篇

思

山中也有千年树
世上难逢百岁君
古人不见今日月
今月曾经照故人
菊花犹怕春光去
人生岂能空度春
上帝未曾定人命
自己造就自己运
近水顽童识鱼性
临山少儿识鸟音
易人讲究平衡理
精进向上立命真
一分为二阴和阳
一个三字定乾坤

2001.1

勉励

月过十五光明少
人到中年万事休
夕阳无限天尚早
大器晚成著《西游》

2001.10.15

第四章　精进篇

奋斗者之歌

岁月这把无形却又坚硬的凿子
在眼角拐弯处无情地雕刻着
雕刻出
一道道弯弯曲曲的皱纹

人生这个甜酸苦辣的世界
在灵魂深处多情地呼喊着
引吭出
一首首不同味道的词和诗

双手这改造天地的战士
在价值堆里有力地翻动着
为捧出有用的能源
那指上磨出硬硬的茧子
十年两手空空　双手不停
二十年两手空空　双手不停
也许一辈子两手空空
一辈子　双手不停
不停就是奋斗
不停就是抗争
人生在奋斗中消失
奋斗在人生中燃烧

1991.5.1

注释：
写于1991年，曾发表在2002年8月1日《大庆日报》。

我就是我

我不姓悲哀　我不姓乐
我不姓痛苦
我不姓歌

我就是我——
身上架着泰山的骨骼
血管里流动着的来自黄河
我是贫穷　我是坎坷
我是没劲的土　我是小草一棵
但是困难使人穷则思变
磨砺再铸我的品格
小草生命顽强
汗水会使泥土肥沃
我就是我——
不自卑也不嫉妒
不幻想明天
不放弃今天
不垂钓东海
也不轻视一失一得
一步一个脚印
实实在在走进生活

我是希望的原野
我是尊严的雕刻
我是奔腾的大海
我是发光的电波

第四章 精进篇

我是灵魂不死的诗
我就是我——

1991.10.1

注释：
写于1991年，发表在杂志《岁月》2002年第10期。

● 一片冰心在玉壶

求真

晨饮寒露夜披星
晶水醒目为理明
天上辰星数不尽
易海学问连汉庭
屈指数来故人多
一分一秒一颗星
倘若今生参不透
来世定要任督通

2001.8

人生路

人生路　人生路
有苦有甜有幸福
迎着朝霞月铺路
匆匆忙忙去赶路
遥遥无边人生路
鞭打自己不收足

人生路　人生路
人生漫漫一条路
幸福美好在何方
努力奋斗人生路
从生到死多长路
路不到头怎停步

人生路　人生路
精进向上人生路
凡人圣贤都一样
朝着前方闯新路
人和群星都一样
今天去铺明天路

1995.3.7

▶ 一片冰心在玉壶

成功者说

① 失业
饭碗离去人下岗
囊中羞涩身无长
三十学艺晚不晚
宇宙茫茫人茫茫

② 创业
几度拼搏几断肠
无桥无路寻星光
明月不知隐何处
问了嫦娥问吴刚

③ 成就
几度精进几向上
光桥云路迎春光
明月有意笑相邀
命自我立喜玉皇

1996.7.6

有感进取

人生进取如爬山
悬崖峭壁雾相连
双目瞅准前方路
一步三惊望云端

有人坠崖新人上
他人退却我向前
汗浇血泡志不移
登上云峰凭信念

向上本来船逆水
不到长城非好汉
艰难险阻怕何用
敢教日月换新天

2002.10.10

▶ 一片冰心在玉壶

状元行

——秉玉精神

引子：

逆境出大器
信念造人生
要学计秉玉
一路状元行

学富五车夜灯明
智慧过人暑中冬
自古大才不见高
天下群书终不平
雄才大略总有时
云里泰山翠绿中
待到寒尽春光至
油田一面大旗红

1993.7.1

注释：

计秉玉，男，1963年生，博士后，全国十佳青年，油田公司副总地质师，时任大庆油田研究院开发规划室某课题组组长，他1983年大学毕业后，有过不被重用的闲人经历。那时，大庆各单位经常为职工分菜，一到这时，领导就派他去分菜，心里很不平衡。要么站起来，要么混下去，他选择了前者，自学、考研改变环境，考博再树雄风，一口气读到博士后。他的成功提示世人"冬雪催开红梅，逆境造就大器"，敢于面对逆境并在拼搏中走出来者，必能成就一番事业。

他博览群书，勇于探索和实践，成为了中国油田开发专家。他现在可以说是功成名就了，但是，至今他仍坚持周日到办公室学习。他的成功说明，要成功就要奋斗，要走在别人的前头，就要有永远学不到头的精神；要虚怀若谷，达到知识永远装不满填不平的境界。

身正为范学德文

身正为范人望众
学高为师点金星
三尺之上论变化
六道时空说人生
业精来自人未见
桃李满天能证明
无为之处见有为
老君炉里丹正红

1999.9.10

注释：

王德文，男，1955年生，2015年退休。时为黑龙江省大庆市第十七中学化学老师。他是一位德高望重之人，他认为老师应该"身正、学高、健康；朴实、心静、向上"。

▶ 一片冰心在玉壶

精进人生

——记成方

为人忠厚人品正
才高八斗德先行
学富五车苦中求
满腹经纶浑身星

智慧 似银河一样光明
心胸 像天地一样宽容

济世之才乾坤造
才能来自实践中
时机迟早会来到
油田大业展鲲鹏

1995.5.7

注释：

石成方，男，1961年生，中国石油总公司勘探开发研究院开发所书记。历任大庆勘探开发研究院开发规划室书记，大庆勘探开发研究院总地质师，副院长。时任大庆油田勘探开发研究开发规划室年度规划组长。

成方的成功有以下几点，值得人们思考和效仿：

1. 博览群书，涉足面广，万物可相互印证和提高，同时，视野开阔。

2. 有独到见解，不似是而非，观点并不隐藏，不随波逐流，敢于坚持真理。

3. 人生向上，追求不止。在人生路上他以"三高"为人生精进基石——人品高，修为极高，业务能力高；以"三字"为本：智（智慧）、诚（诚信）、容（容纳）。

第四章 精进篇

拼搏制胜

——记新光

语似惊雷马如风
智如金箭人是弓
气吞河山英雄胆
一挥宝剑山削平
饱蘸大笔写储量
百幅蓝图千卷功
生命之光照星亮
一员大将捍油城
人生拼搏论价值
当学新光写大成

1993.12.1

注释：

隋新光，男，1964年生，博士，现任大庆油田第一采油厂副厂长，时任大庆勘探开发研究院开发规划室组长，大庆石油管理局第三届"十大杰出青年"。

我为他修改一段程序，见其眼充满血丝，脸色也灰暗，知道到他为了工作又有数日未回家了休息了，他是拼命三郎，劝他也无用，我欲言又止，他心脏不好，令人担心。别人不清楚，但我清楚他，他对石油的贡献和未来的成就都是用生命换来的。

他的成功经验最重要是：拼搏。

他的人生字典上，没有退缩两个字，所有的难关都被拼搏战胜。诗中可见他用拼搏书写了闪光的人生。

一片冰心在玉壶

致学友信

《小儿郎，背着父亲上学堂》读后感慨良多。读书郎，既有孝子精神又有战胜困难、不屈不挠拼搏向上的精神。读书郎李勇是精进向上的代表，是命自我立的典范，值得学习。所以，推荐您，并以诗作为我的粗浅认识望批评指正。

人生与进取

人生充满了喜欢学问
重在你怎样钻研它
人生充满了渴望技艺
重在你怎样精湛它
人生充满了尊重人才
重在你怎样拥有它
人生充满了向往大学
重在你怎样走进它
人生充满了知识需求
重在你怎样学会它
人生充满了没有条件
重在你怎样创造它
人生充满了进取障碍
重在你怎样清除它
人生充满了酸甜苦辣
重在你怎样看待它
人生充满了坎坎坷坷
重在你怎样面对它

第四章 精进篇

人生充满了高峰低谷
重在你怎样跨越它
人生充满了千辛万苦
重在你怎样不怕它
人生
充满了困难重重
重在你怎样战胜它
人生充满了喜怒哀乐
重在你怎样把握它
人生充满了先天定数
重在你怎样改变它
人生充满了成功失败
重在你怎样总结它
人生充满了不明未来
重在你怎样准备它
人生充满了艰苦创业
重在你怎样去干它
人生充满了跌倒爬起
重在你怎样习惯它
人生充满了天灾人祸
重在你怎样正视它
人生充满了伤心病痛
重在你怎样平衡它
人生充满了艰难抉择
重在你怎样完成它
人生充满了海誓山盟
重在你怎样兑现它
人生充满了远大目标
重在你怎样实现它
人生充满了美好规划
重在你怎样实施它

▶ 一片冰心在玉壶

人生充满了血泪考验
重在你怎样征服它
人生充满了问号答卷
重在你怎样回答它
人生充满了时间紧迫
重在你怎样抓住它
人生充满了潦倒落魄
重在你怎样挺住它
人生充满了辉煌显赫
重在你怎样理解它
人生充满了前因后果
重在你怎样悟开它
人生充满了分分秒秒
重在你怎样使用它
人生充满了生命短暂
重在你怎样度过它

人生，就是奋斗
就是磨砺
就是向上！
人生，就是精神
就是拼搏
就是学习！
人生，就是开悟
就是斗争
就是进取！

人生就是
在吃苦中前进
在考验中前进
在眼泪中前进

第四章　精进篇

人生就是

在江河大海中前进

在翻山越岭中前进

在从无到有中前进

▶ 一片冰心在玉壶

精神与成功

只要你有精神
只要你肯学习
只要你能悟开
只要你能坚韧不拔地奋斗
你就能走向胜利
你就能走向成功
你就一定能迎来美好和未来

佛说：
"苦到功到
行到果到"
圣人们说：
"无私无畏
心正行正
无畏而行正者一往无前"
名人们说：
"世上本无路
明向而途
皆由人走出来"
贤者们说：
"世上无难事
只要肯登攀
有志者事竟成"
百姓们说
"饿的是馋人
冻的是懒人
没有过不去的火焰山"

第四章　精进篇

前进吧

你的付出和汗水

你的悟性和智慧

一定能换来更上一层楼

思考

小儿郎背着父亲上学堂
使我们悟出人的潜在能力之大
小儿郎背着父亲上学堂
使人们再现人的精神之重要

小儿郎
激发人的豪情壮志
小儿郎
激发人的智慧能量
小儿郎
激发人的向上精神

我们希望
我们在校的学生和孩子们
天下所有的学生和孩子们
不像读书郎李勇那样困苦
但有读书郎李勇的精神

中国是有五千年文明的礼仪之邦
中国人是龙的传人
永远精进向上

古有悬梁刺股
凿壁借光
今有少年读书郎
古有卧冰求鱼

第四章　精进篇

今有背着父亲上学堂

　　　　　　　　　　　　致礼
　　　　　　　　　　　　祝好运
　　　　　　　　　　　　宫长路　顿首
　　　　　　　　　　　　1997.11.29

▶ 一片冰心在玉壶

少年照

圣人爱贤送祥瑞
披红抖神少年威
果然有志不年高
当真无志空百岁
日看太空天无边
夜观众星竞璀璨
一首清白在人间
千年英才驾云追

2001.10.30

注释：

吴争，男，1990年出生，中共党员，硕士，毕业于英国埃克塞特大学。现北京大家保险集团重大投资管理处，不动产投资管理经理。此诗为看吴争得奖照片有感。时小学五年级学生，获得国际写作奖。

真魂

悠悠万事过眼烟云
烟云散尽方显真身
没有你高我低标准
只有世间朗朗乾坤

千里长江巨浪滚滚
泥沙荡尽方现真神
天火若把真金熔化
流到何处还是黄金

茫茫天地淘炼人类
滔滔江河永远发愤
优胜劣汰宇宙法则
精进向上世间真魂

2003.1.20

勇士

弱者的不幸
连着死亡
勇士的不幸
加速成长
沙漠的红柳不羡慕肥地里的鲜花
渴不死的
总会活

其实
人一生面对着的就是做不完的答卷
病痛和贫穷是
一张答卷
困难和难关是
一张答卷
失恋和失意是
一张答卷
所有一切不幸都是
一张答卷

精进向上者
勇士
向命运抗争者
勇士
乐观主义者
勇士
不屈不挠是英雄本色
勇士

第四章　精进篇

也许没有残酷
就没有英雄
也许
不幸创造勇士
七寸丹田气在
生命就闪光

2003.1.10

一片冰心在玉壶

老劳模新的路

——记省劳模张志英

①
你虽然不是天才
但是你很勤奋
从不放弃对知识的追求
初中毕业走向柜台
自学大学
走进求学的人群
说知识
论学问
吟诗写文

你虽然称不上闭月羞花
但是你很诱人
从不寂寞无聊
你玉般高洁
周围一群才子
都是有层次的男人
说人生
讲爱心
谈古论今

你虽然是个女子
但是你很上进
从未停止过为理想而奋斗
用自己的双手

第四章 精进篇

捧回省劳模的奖状
五年闪亮的金盾
靠汗水
凭人品
学习铁人

啊
美丽的鲜花属于你
心美的女人
爱情的成功属于你
可亲的女人
忠诚的朋友属于你
可敬的女人
事业的成功属于你
出色的女人

②
你真诚
真诚得像纯金
你善良
善良得像出自佛门
你朴实
朴实得像是大地
你纯洁
纯洁得像是玉魂

古人说
月满空明似人心
哥哥说
你是明月一轮

115

一片冰心在玉壶

③
奋斗的人生
永远冲锋
前进的脚步
永远不停
睿智的双目
把形式看清
张开党旗下宣誓的拳头
要把一片蓝天支撑

面对着新的时代
思绪万千的你
转动智慧的头脑
重把方向调整

你风风火火
热血沸腾
你走南闯北
来去匆匆
因为
你明白过去已经过去
它属于过去
树壮志
你要踏上新的征程
终于
你找到了属于你的事业
迸发出你巾帼的天性
要永远闪光
再打造辉煌人生
厉害
吃惊的是同学亲朋

真行
放下心的是领导
还有敬爱的长兄

大家清楚：
你停不下前进的脚步
因为你是一只雄鹰
你要展开双翅
翱翔天空
你的人生目标宏伟
你的前途一片光明
……

家兄有诗为证
敢弄潮流与时进
天天体育开乾坤
谁说女子不如男
春风送君上青云

2002.10.1

注释：

张志英，女，1965年出生，2020年退休。中共党员，黑龙江省连续五年劳动模范，曾历任售货员，经理，党支部书记，2002年自筹资金创办"大庆天天体育商店"并任总经理。

> 一片冰心在玉壶

雪源考研

引子：

　　红日东方高
　　青春血如潮
　　自寻苦心志
　　大任把手招

①

　　出学校　进油矿
　　忽见油田龙中浪
　　拜名师　跑现场
　　岗位练兵争闯将
　　动态分析成强手
　　油区管理响当当
　　不是师傅夸海口
　　小伙确实是好样

②

　　再创业　三采上[②]
　　油田开发新设想
　　举起蓝图陷深思
　　高深理论需武装
　　为了油田图发展
　　祖国石油胸中装
　　挥手顿足树大志
　　气吞山河进考场

③
一次未中不彷徨
二回工大登皇榜
身背行囊遨学海
静如清水无若狂
人生存志目标大
祖国重担肩上扛
手捧辞书教室坐
孜孜不倦到天亮

④
白雪点缀红梅放
原野无边烈马狂
机遇有意赠壮士
挥洒青春闪玉光
人生最要是精进
命自我立谱新章
更觉前头路途远
热血澎湃中华强

2002.5.1

注释：

①姜雪源，男，1973年生，中科院博士，他是个不甘寂寞、青春涌动、追求火红、自找重担的热血青年；他是一位目标明确、信念坚定、勇往直前、永不服输的青年；他是一位兢兢业业、勤奋好学、精进向上、忘我工作的人；他是一位德行很高、令人信服、谦虚谨慎、乐于助人、不计个人得失，讲究奉献的人。同时，他又是一位儒雅风流、气质上乘、翩翩仙子一般的美少年，用刘慧的话说是："叫男人佩服，讨女人喜欢"的人。作者以此诗献给那些"八九点钟的太阳"们，并以此诗祝愿他们前程远大。

②一种新的油田开发驱动技术。20世纪60年代，大庆油田开发之始便通过注水来驱动地下石油，90年代开始在部分区块上开始三次采油，注入聚合物，以提高采收率。

119

> 一片冰心在玉壶

认真的人

——记会计师张敬华

引子：

世界上最怕认真
你是个严格的人
马虎尖酸不可怕
天下就怕认真人

做回人最美在心
你是个纯净的人
人间正道是沧桑
你是智慧加勤奋

天有阳，地有阴
有男有女成乾坤
钞票无数纸片过
钱是云彩心是金

心明亮，算盘脆
笔笔账目清水分
做人最是讲平衡
平衡之人人生真

① 石油姑娘
你从知青走来
带着清新的露水
走进大庆油田

第四章　精进篇

成了一名石油人
那时
你正是鲜花初放的季节
美丽
香气飘逸十七八少女的青春
热情
迎着朝霞胸中一颗火热的心

那是大庆采油五厂三矿
那里留着铁人的脚印
那里挺立着钻塔
高高地刺破青云
那里无数的采油树
齐刷刷成排结群
那黑色的石油从千米之下涌来
呼啸着自喷

石油姑娘
是石油国里最美妙的名字，
它令姑娘们骄傲
叫小伙子们萌情兴奋
拎着油样检查
哼着歌儿巡回
若遨游在天宫
身影飘似彩云

冬天
捧一捧雪花
你把漂亮的脸蛋洗得更加洁白
春天
摘一束野花

121

▶ 一片冰心在玉壶

你把美丽的面颊抹得更加红润
作报表你比引针仔细
搞宣传你比穿线认真
好一个石油姑娘
好一个求真的人

②上大学
你没有停止追求的脚步
认真勤奋
尽管年代耽误了你的学习
但是你仍豪气在身
你明白小树需要浇水
才能成参天大树茂密的森林
你清楚人也是这样
成为人才需要
知识的养分

大学是知识的火炉
燃烧着人类进步的学问
你为自己制定航向
你把方向和目标瞄准
你要到大学里去
到那里去淘技术的黄金
你要像雄鹰般向着蓝天飞翔
战士般向前方进军
终于
皇天不负有心人
你走了
带着你追求的理想
你走了
带着颗颗祝愿的心

你离开了采油矿
走进职大的校门

③当会计
你从大学走来
带着书本的气息
走向新的岗位
进科室做了会计
你心里高兴
神清气爽透着满意
你嘴上不说
志向里含着甜蜜
人生就是求进取
为祖国石油出把力

你从不会计较太多
嘀嘀咕咕说东道西
你从不会虚仗声势
实实在在脚踏实地
你把本职工作做好
服从领导同事和气
个人得失不值一提
一心工作学习

你较真
你的账本从不差分毫
你仔细
你的账本从不错点滴
你不怕检查
你的账上没有瑕疵
你不怕对账

> 一片冰心在玉壶

你的工作有条有理

从会计员到会计师
一马平川顺利
无论笔试
还是当面比个高低
你都能自如应答
从不拖水带泥
资格证书是最好的鉴证
印章鲜红无比

当先进
来自工作上的努力
做主任
是业务上有成绩
你从未有张扬神气
仍平平淡淡无沾沾自喜
你的心静如水
主任是主任
你还是你

④与时俱进再闯新路
你从岗位上走下来
带着改革的理想
你买断工龄
走进人才市场
谈笑风生
看不出一丝的失落惆怅
你迈开双脚
走北京下苏杭
进奇货倒服装

第四章　精进篇

忙懵了站柜台的姑娘
数数钞票
比上班翻倍上长

你还是那么认真
那样乖张
为业主兼职
账务必按律章
为人传授技术
不掖不藏
待人接物
心纯善良

有人问你买断
心理可有压力
你说当然有压力
关键是
心要进取
思想要精进向上
有人问你买断后悔吗
你咋想
你甜甜一笑说
人生价值体现在奋斗自强
祖国改革大趋势
与时俱进把新路闯

2002.6.9

注释：

　　张敬华，女，1955年生，2010年正式退休。是作者的同代人，曾任大庆石油管理局制材厂财务主任。随着石油系统的改革，1999年买断工龄，再闯新路，是位敢弄潮流又无意权贵努力进取的女性。

第五章　报国敬业篇

过去的已经无法重新行走，未来要靠今天的脚步，报效祖国，爱岗敬业，追求知识，向着这个目标追求，向着这个目标前进，便是"命自我立"。

开篇诗

青年志

人生苦短似流星
但使天地瞬间明
小草尚知春风暖
何不报国然人生

1992.1.1

注释：
此诗，发表在《百年风云人物》

志向

——年轻的心

一条黄河千丈浪
万里长江映汉光
天地好生我来到
中华儿女有志向

几多披星迎日出
多少月下书海长
常常清淡赏白云
久久荡气转回肠

游览天庭访玉轮
化短时空探宝藏
一指神笔书天地
大家你我共分享

2005.5.1

第五章　报国敬业篇

成大器

君子争名
小人争利
阴阳平衡
琢就大器

1999.8.19

注释：

赠与小权上大学留念，于小权，1981年生，时就读于大庆中学，任班长。

▶ 一片冰心在玉壶

站长

——记大庆独立屯火车站站长褚福生

画外音：
你是榜样
为了母亲
想着众人
捧一颗热乎乎的心
滚烫

中华美德
在你身上体现
无私的灵魂
在你身上
闪光

走过的路
留下拼搏的脚印
任何困难都会颤抖
因为你
所向披靡
英勇顽强

你有你的品格
不畏艰险
能忍坎坷
人生路
永远精进向上

第五章 报国敬业篇

工作中
你用汗水
浇灌出朵朵红花
思想上
你用银河
冲刷出灵魂发亮
你身先士卒
得到了
群众的信任
领导的表扬

你用工作成绩
捧回金色的证书
红色的奖状

在你人生价值观里
却很简单
只有两个字
"认可"
只要"认可"
你就得到满足
心花怒放
得到认可
其实并不简单
它会换取你的青春
因为
它是天下所有
英雄的追求
豪杰的向往

① 青春起步

▶ 一片冰心在玉壶

东海呼啸滔天浪
中华命脉火车响
自古齐鲁出好汉
锦州吐豪别师长
朔风吞天站台立
白发白眉白衣裳
北国风光飘大庆
大等①无边铁人强

②人生品行
义字当先天地广
初见忽疑遇云长
哈哈笑至福生到
脚下生风工作狂
过年节假守阵地
心疼亲友净陪岗
职工都是亲兄弟
双手捧心称兄长

三战故地独立屯
再把教安多经掌②
喊一声惊天雷作响
一出手难关尽投降
百姓有幸遇福生
上级放心得猛将
无私无畏造民福
天下为公人颂扬

④七一见闻③
沟沟坎坎脚平趟
大江大浪你敢闯

嫉贤妒能不理会
心系群众为了党
千禧之年七一到
群雄高歌汽笛响
九九彩灯照车站
篝火通红士气昂

⑤职工的作用和生活
生产任务超过亿
职工囊中多几张
安全运转无事故
依靠群众主动想
勤俭节余不过时
变废为宝常提倡
剩菜残汤生佳肴
两口大猪肉飘香

谁造历史有分量
职工站里主人当
欢欢喜喜一家人
众志成城心舒畅
能见他们人情浓
一人有事大家帮
遇到困难找站长
退休更觉靠山强

如诗如画的车站
天想彩虹云想裳
下有杭州上天堂
世人天性追求美
如诗如画谁不想

▶ 一片冰心在玉壶

破砖烂瓦脏水坑
站里空旷草疯长
职工身着新站服
站在站台倒胃肠
该出手时大手笔
环境优美人舒畅
挥手泥塘化仙境
一指百花飘球场
捂鼻行人不见了
下车顾客疑梦乡
环境一美人心美
工作热情日高涨
傍晚老幼神亨喜
独立屯子变仙庄

⑥独立屯班子与名气
砖不粘盖不起楼房
树不连风沙猖狂
大雁高飞要看头雁
班子团结有力量
朵朵鲜花簇拥站台
油龙飞奔向太阳
乾方神龙调来神运
雄狮坐镇吼八方
好班子带出好队伍
强将从来兵也强
技术练兵绝不含糊
作风过硬站好岗
劳模骨干全体战友
一声令下众人响
业绩突出频传喜报

第五章 报国敬业篇

独立屯站名声扬

⑦大将攻城
沛公称霸遇良将
叱咤风云成汉王
玄德兴汉请诸葛
蜀国鼎立有关张
福生天性多猛势
三进山城打胜仗
美名在外成典型
庆功时节上新岗
将才从来无二话
立马横刀杀战场
三个来回见上下
大将攻城城门敞
品德高者路自正
路正之人前程广
历史从来说实话
百姓拥戴好站长

注释：

褚福生，男，1956年生，山东省郓城人，中共党员，大学文化，1978年毕业于锦州铁路运输学校铁道运输专业，2016年光荣退休。时任职于黑龙江省齐齐哈尔铁路分局银浪车务段。

历任扳道工、调车员、值班站长，车务段自备车公司经理，安全室及教育室主任，站长。曾在技术大赛中荣获铁道部哈尔滨铁道局第一名，历年被齐铁分局评为齐铁分局中共优秀党员，先进工作者。被誉为：思想过硬，作风过硬，技术过硬，与时俱进，敢打硬仗，有开拓精神的优秀干部。

①大等：此指铁路轨道。
②教安多经：出任教育室主任，安全室主任，多种经营总经理。
③1999年8月再任齐铁分局独立屯车站站长，2001年独立屯车站被评为哈铁路

▶ 一片冰心在玉壶

局先进中间站。2001年7月1日晚，独立屯车站举行了隆重的庆祝活动，他们高高挂起九九八十一盏灯笼，代表着中国共产党的每一步历程。他们自编节目载歌载舞，歌颂党的丰功伟绩，进行党的宣传教育，表彰劳动模范和优秀领导，站长作："爱岗敬业，与时代俱进"的热情洋溢的演讲。晚上点起了篝火，职工们群情激昂围在篝火旁。男士们光着膀子敞开喉咙喊，疯狂跳跃；女士们穿着各式裙带，尽情的唱，尽兴地跳，好一派壮观的景象。庆祝晚会邀请有关领导，各界人士，笔者应邀参加，亲临了这振奋人心的场面。笔者对这场活动印象深刻，备受感染，写下此段。

2002年七月初，齐分局在独立屯火车站召开"强三基建四线"安全管理先进典型现场会，独立屯火车站被树为先进典型，并号召全局向该站学习。他于2002年8月出任银浪车务段多种经营总经理。

再看话剧《江姐》

少读《红岩》泪两行
大思江姐志气昂
士可杀兮不可辱
不可扭曲任折伤
自古豪杰骨头硬
笑对刑场不降将
热血染红正义道
日月同辉天地长

2001.1.7

> 一片冰心在玉壶

那片黑土地

——献给一位小学女教师

画外音:
你从田野走来
走进课堂
身上带着稻花的清香
走上讲台
三尺之国
用你那长满老茧的少女的手
拿起了粉笔
这就是你一生的起步
闪亮登场

从此你再也没有停下脚步
也许
不是为了二十大毛
也许
从此你掉进你的价值堆里
栽树育苗
你把青春献给了这片土地
也许什么都不是
你就是你
只是想把自己的光和热
献给祖国
献给孩子
献给教育

你当过县劳模
是因为你年年是第一
你教的学生年年是第一
你当过市优秀
是因为你努力
你教的学生们努力
面对成绩
你从没有激动
说不上欣喜
因为
你知道路很长
荣誉
不是你的追求
它无法和目标相比
暂时的荣誉代表不了人生价值的追求
你就是你

你说
你平凡
平凡得不值一提
但是
你有远大的理想和抱负
凭七寸之气前进
哪怕是爬行
只要还在喘息

从走上讲台那一天开始
手中游龙神笔
玉白的粉笔写出台阶的
学问
鲜艳的红笔指点出美好的

▶ 一片冰心在玉壶

明天
笔下流神
教案是湛蓝的天际
笔锋刚劲
作文是未来的祖国
因为
知识是你对学生的追求
所以
奋斗就是手中前进的笔

①
就这样
多少年过去
寒去春来
秋来暑去
一棵棵小树长大
一批批学生毕业
像雄鹰一样向高处飞去……

就这样
不知多少年过去
寒去春来
秋来暑去
一茬茬稻谷收麦苗绿
一茬茬孩提
长成小伙、少女
离开学校
走向广阔天地
你却未舒一口气……

你早期的学生

有的当了教师
有的当了技术员获得科学专利
有的当了干部
有的手握钢枪
高举军旗
望着一个个成才的学生
你眉宇间露出一丝笑意

为了你的人生追求
把少女容貌
雕在讲台
把青春秀丽
刻在黑板
把一腔热血洒进
学生的心里

两本中师证书
一本大专文凭
那是千斤载体
一支粉笔啊
那是万种神奇
也许
你心里是滔滔江河
但是
外表却那样平静
无半点涟漪
也许
你的内心世界承受着
巨大的酸甜苦辣
但是
你慈祥的脸上却

▶ 一片冰心在玉壶

温暖无比
你有你的价值观
你有你的人生真谛
那就是对教育的奉献
奉献因为神圣而神奇

乡亲们谁都明白
贫穷源于落后
落后源于缺少科技
而缺少科技
却是缺乏文化的根基
这正是你持教的目的

②
乡亲们看见的是
在知识的海洋里
你和你的学生们遨游
向着前方
航标不偏不倚
知识啊 你是蓝天
本领啊 你是大地
你是乡亲们祖祖辈辈
最大的希祈

乡亲们知道
你是一位默默劳作的姑娘
因为你是他们看着长大的
你不图虚名
淡泊名利
你勤勤恳恳
脚踏实地

第五章 报国敬业篇

你身后的脚印
纯正清晰
它画出你心里的大目标
急切的脚步
铿锵有力
脚步声声喊出
永远进取

乡亲们看见了
一口气二十年
二十年未歇上
一口气
总是那样劳作
总是那个脾气
总是那么好强
总是为孩子们
把一切放弃

乡亲们不会忘记
为教好学生
你要先去学习：
数学
语文
物理
刮风
下雨
雪袭
过年
周日
假期

143

▶ 一片冰心在玉壶

每次学习归来
都是深夜
无论是月亮出没
还是星星隐蔽
不管是苦热严寒
还是风霜雪雨
多少个夜晚
母亲唤不回应声
老父亲在房顶上
焦急地晃动着身躯

你在哪里
颤抖的双脚翻过后山
穿过那八里的沼泽泥地
之后
又是如林的高粱苞米

风声沙沙
你惊汗坠地
小鸟一声
如狼嚎雷劈

但是
这都不能停止你的脚步
为了追求
献身教育
向着前方
你必须要继续

你不是为了一个人
是为了渴望知识的学生们

是为了改变家乡出把力
终于
你成长为优秀的人民教师
一位好园丁
一位出色的灵魂工程师
一步步向着目标进取

你胸怀博大
你善良无比
你渴望平安
你注重责任和感情

一旦哪个学生有个病灾
你急得直哭
一旦哪个学生家里有个难事
你会吃喝不下
一定要想方设法解决问题

人们不会忘记
你面对的是几十双求知的眼睛
许多孩子
经济上无靠无依
每月只有二十元的工资啊
它是学生们的纸和笔
一分钱都是金子
为学生它放了出万丈的光芒
光芒中闪烁着
不朽的心意

乡亲们和你不会忘记
太穷了

▶ 一片冰心在玉壶

那学校没有明亮的窗户
却是三面残墙断壁
朔风呼啸
飞雪铺天弥地
那飞雪
肆虐地
扑近教室里
每到这个季节
你总是提前到校
把炉火燃起
通红的火苗映红了你

为驱寒
老父亲再多多打柴
为驱寒
乡亲们帮你垒墙脱坯
懂事的孩子们啊
努力上进发奋学习
发誓
长大后
要把家乡改天换地

③
二十年过去了
你走出了那片土地
面对着的还是学生们
他们在楼里上课
在计算机上周游世界
学文习理

于是啊

第五章　报国敬业篇

你忍不住魂牵梦绕
追忆足迹……

你没有抱怨什么
总是惋惜
因为贫穷
学习环境太差
没有像样的教学设备
缺少参考资料
没有现代教具
一些天赋很高的孩子
没能长成参天的大树
做架海桥梁
登天云梯
报效祖国
顶天立地

了解你的人都清楚
你很少想自己
只是怀念那片土地
因为
你在那儿倾注了你的青春年华
教过
一年级，二年级……
一个个熟悉
可爱的面孔
总是期望的望着你

大车
李丫
苗凤

▶ 一片冰心在玉壶

小哲
二喜……

你教会了他们文化
教懂了他们做人的道理
他们伴你走过艰辛的道路
铸造了你平凡
传奇的经历

梦中
你回到了泰来
平洋这片土地……

下雨天
双脚踩进
那黑土地上的小道
那小道浮着尺厚淤泥
和学生们搀扶着走向学校
那裤腿挽过双膝

风雪弥漫的严冬
顶着大烟泡的袭击
你们脚踏冰地
报纸挡脸迎风搏击
互相鼓励着前进
你拉着排头的学生
大的拉着小的

梦里
笑出声来
因为

你和你学生们
走过沼泽
迎来阳光
走向美丽……

如今
你已走近半百的年轮
你依然
似高山上的松柏接天立地
三十年的风雨拼搏
你还未走下三尺讲台
身上傲骨不弯
一股青春永在的锐气

你说蜡烛不尽
光不会熄
直到彻底

你说最大的愿望
是建"凤贤基金"
让所有贫穷的孩子都能学习

你说剩下的愿望
是退休后到偏远的地方教书育人
直到写完手上
一生的粉笔

市场经济中你没想自己
没有时间想学历与水平的不等式
只有永远的奉献向着阳光进取
对待待遇的高低

一片冰心在玉壶

你的心是那么的坦然
平如秋湖水没有涟漪
然而
你
对待教育的那颗热情的心
永远如彩虹般美丽

你永远向上的气魄
似冰川初开万马奋蹄
你那颗善良
敬业
进取的心啊
宽广
伟大无边无底
这心迸发出来的火焰
永远是学生们的幸福
年轻人前进的一面红旗

你放下了多少心事
你放下了多少荣誉
你放下了多少青山美景
你放下了多少新衣
你却放不下养育你的那片土地
你永远属于那片伟大的沃土
那黑色的土地上永远有你

1996.10.10

注释：

  曲凤贤，女，1958年生，泰来平阳镇乡村老师，1994年调入大庆让北一小任教，2013年退休。是一位教学水平一流，热爱教育事业的好老师。

第五章 报国敬业篇

勉侄儿坤绪

①当兵
好人护三屯
良犬护三邻
铮铮男子汉
守住北大门
人生诚可贵
报国可献身
（1997年参军入伍，入佳木斯军分区某边防团寄语）

②抗洪
洪水虎视哈尔滨
战士勇猛降天神
浪涛扑来身躯挡
暴雨袭来有红心
百万大众得平安
一张奖状慰家人
自古军营豪杰多
人民子弟为人民
（1998年抗洪授奖寄语）

③转志愿兵
人生一搏将士心
热血滚滚军旗魂
世界和平人人爱
长城之上笑浮云
（2000年转志愿兵寄语）

151

> 一片冰心在玉壶

④调23军
一名战士入名军
考验面前须上进
名军从来名勇士
青春热血铸名军
文武双全是方向
家人首长一颗心

注释：

曲坤绪，男，1981年生，黑龙江泰来县平阳镇农民，中共党员，1997年入伍，2007年转业。

楚汉

羽杀义帝称霸王
建都彭城意在皇
沛公亦志在天下
直取彭城歌舞狂
项羽哪堪轻服输
精兵三万回马枪
汉军十万西天去
刘邦睢水命要亡
不知天兵从何至
飞沙走石救汉王

2002.12.19

笑佛

从小常听楚汉歌
到了未见不老河
荥镇当年名气大
八九今人不记得
车水马龙为惬意
镰刀锄头也快活
人生平安就是福
心态平衡哈哈佛

▶ 一片冰心在玉壶

赞国信

精进业大学问长
大事运筹见强将
风云变化有静气
阴阳平衡路自广
君子一世求作为
善身报国是方向
自古大成多磨砺
志在千里烈马狂

2000.12.24

注释：

陈国信，男，1963年生，中专文化，工商联委员，大庆市乾方科技有限公司总经理。陈国信是一位敢于拼搏的人，一位热爱事业的人，是一位有大众之心的人，是一位有超前意识的人，有四项国家专利。最大的愿望是建一座不营利的老年大学，让老人们在大学里吃、住、娱乐、学习过幸福的晚年。作者以此诗鼓励他，精进向上实现理想。

第五章　报国敬业篇

打电话

一台计算机
看见我阿姨
中美几万里
见面笑嘻嘻
大圣竖拇指
网络真神奇
我要学文化
研究高科技

1994.1.10

> 一片冰心在玉壶

油田

① 油田如画
天上
飘动着片片朝霞
地下
并排着排排油井钻塔
采油姑娘们的笑声掉进油海里
溅起串串欢乐的油花

油花
连着荒原
连着四十年的变化
高楼在踏平的干打垒上拔起
现代通信网络
高速公路
四通八达
不见了狗皮帽子
翻毛大头鞋
道道工作服
尽见时髦的衣裳
竞相争华

脏水泡子
得春风化作油田
乐园之地
烂草地
得春风化雨
举起霓虹鲜花

第五章　报国敬业篇

大荒原你藏在何处
篝火遍野它也不见了
群星打落
新型油城百万户人家

一片彩色油海洒
彩色的油城美如画
油田朝霞油田花
油田的色彩油田画
电脑遥控高科技
三次采油新规划
如画的油田把青春焕发

铁人精神和现代化
技术相映
交融
合化
是新一代石油人的
生命之花
贫油穷国的帽子
早已在太平洋中腐解
大庆精神永在
富油强国的桂冠
我们将永远拿下

②老会战
手捧一把黝黑的泥土
像捧着激动的心
脸上透着超过岩石的坚毅
想着当年走过的路
虽然艰难

▶ 一片冰心在玉壶

沟沟坎坎
但是
毕竟走过来了
当然
是血汗
和宁可少活二十年换来的
更何况这路
向着前方伸去

老会战笑了
抖落了花露
田是丰收田
树是摇钱树（油田，采油树）
望着高耸的楼房
钻塔和后生们
泪珠
被太阳一晒
滚烫

③大庆人
亿万春秋
鱼变成了黑色的油
睡了多少年的油
不见太阳
它期待着一种
献身的自由
来了
当年的石油人
为祖国
力和爱的旋风般
扑向大草原

第五章　报国敬业篇

要打开这世界上
头号大油田

一支大会战的冲天号角
钻头的气势
人拉肩扛
冲过那顽固的石头
把千米的死神穿透
哗
哗
石油喷了出来
喷活了全国人的心

当年老会战们知道
汗水会把他们的青春冲走
但是
他们仍然与时代赛跑
昂着头
高唱着
北风当电扇
大雪是炒面
我为祖国献石油
用生命缩短通向光明的路
用血汗树起了大庆的旗帜

过去
从荒原走来
从艰苦闯过
一步一跟头
一滴油一杯酒
如今

▶ 一片冰心在玉壶

现代化的工业大油城呦
举世闻名
十万油井齐磕头
五千万吨
二十六年庆功酒
现在
大庆是第二次创业
注聚技术三次采油
还是那个歌
我为祖国献石油
今后
无论遇到什么样的岩石
大庆精神是一支勇往直前的钻头

2003.1

第五章　报国敬业篇

我们的富有

我们有大庆精神
能量的源头
我们有铁人的意志
心中的泰斗

我们有开发40年的
数据资产
我们有别人没有
我们很富有

我们拥有阳光的炙热
我们拥有月光的温柔
我们拥有转头的坚定
我们拥有岩浆的热流

我们拥有黄牛一般的性格
辛勤劳作
不计报酬

我们拥有战士
一样锐利的目光
核查瑕疵
碧玉金秋

我们拥有"三三精神"的法宝[2]
信息肌肉
铁人骨头

161

▶ 一片冰心在玉壶

是的
我们是很富有
富有
不意味着占有
拥有
一切属于伟大中华
活着
就是为祖国献石油

大庆人自有
大庆人的性格
严细认真
不折不扣
大庆人自有
大庆人的风采
一把火烧出一个
大检查的春秋③
大庆人自有
大庆人的态度
夜找砂样
把金色的印记永留④
大庆人自有
大庆人的豪迈
向上的精神
动地的吼

我们是一个个
油田的数字
我们心中装得下
整个宇宙
胸怀伟大

展示人生价值的绿洲
志向高远
奔腾着生命的河流

请理解我们吧
大庆人的富有
那无我的奉献
是颗颗红心
那发光的数据
是滚滚石油

齐心修建长城
汉关依旧
书写百年油田
一代风流

注释：

①《我们的富有》是收入在《大庆油田开发数据库质量核查项目》的小册子上的一首诗。该项目获"大庆油田科学进步"二等奖。

②三三精神：项目组组织学习了院党委书记送来的《民族英雄王进喜》一书，带领全体组员冒着风雪严寒，参观学习了大庆铁人第一口井，以此为基础，为了同统一思想和人生价值观念，大家通过对大庆精神、铁人精神、会战传统为母体文化的定位、整合、提炼、提升，提出了以奉献为核心的"三三精神"作为项目组的指导思想和行为准则。

▶ 一片冰心在玉壶

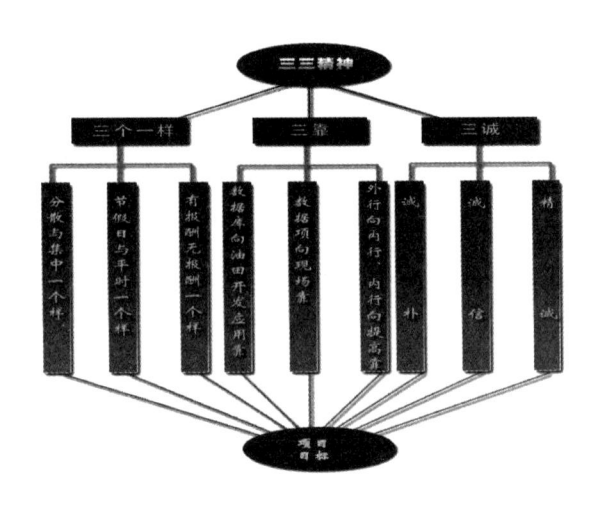

图 1-1

③ 大庆的岗位责任制大检查。

1962年5月8日1时15分，大庆油田最早建成投产的"中一注水站"因管理不善，酿成严重火灾。起火后，发现两个灭火器失效，水龙带被截断，水枪头不知去向，无法灭火。3时15分，注水站全部烧毁，造成了巨大的损失。当天，这个站党支部根据会战工委的号召，发动群众围绕"一把火烧出的问题"开展讨论。油田干部群众结合生产与管理的实际，总结正、反两方面的经验，逐步建立完善了岗位责任制。

④ 夜找砂样把金色的印记永留。

20世纪60年代初期，刚从大学毕业的王晓云，背上背着25包砂样，脚步咚咚地走在取样回来的路上。她想，这些可都是宝贝啊，回去之后，交给技术员分析化验，说不定就能从哪一包里发现惊喜。她走得太过专心，也太过匆忙了，没有注意到，有两包砂样悄悄从他背上溜下来，掉在了身后的路上。

回到大队，从背上取下砂样，王晓云习惯性地数了数砂包，不对，少了两包，王晓云一下子慌了。她知道，一包砂样就是一段地层的样品，一段地层的秘密。没有任何犹豫，回转身，就向原路走去。

天已经黑了，急骤的大雨仿佛是天公盛怒中劈头盖脸泼下的水，无边无际。王晓云就那样冲进了雨夜，冲进了连天的水线中。

她的身子如斜线，在雨中飘摇着，可被风吹过来的雨水不依不饶，沿着能够进入的缝隙顺势而来，身上早已湿透了。那条走过的路线，刚刚还舒适平坦，在暗夜中，在冷雨中，脚步就有了踉跄感。王晓云却已经不再顾及这些。午夜了，精疲力竭的她，才找全了失落的那两包砂样。

2004.2.1

▶ 一片冰心在玉壶

脚印

你把金色的脚印

赠予油田

你用银色的脚印

丈量雪原

踏着前辈

找砂样的足迹

一步步叩响数据

长城的金砖

脚印放射着

大庆人的光辉

脚印雕刻出

数据质量的画卷

这是大庆人

独特的印记啊

闪烁着三三精神

求真的光环

2004.1.12

注释：

尚丽萍，女，1963年生，大庆油田采油四厂高级工程师，计算机数据库专家，2018年退休。

对得起油田

——记刘会①

你是一片彩云
从遥远的齐鲁飘来
带着泉都烧饼的芳香
落在这个美丽的大油田

从此
为了油田的建设
你把青春
和一腔热血奉献

多少个不眠的
日日夜夜
你带领十二个采油厂的
兄弟姐妹
奋斗在前线
你那双明亮的
大眼睛
要把数据的
瑕疵荡尽
这是大庆油田的
数据资产

平安夜
灯光闪
油田人已眠
钟声响过

▶ 一片冰心在玉壶

已是深夜 2:00
你累得头脑发胀
手不会把算数计算
却微笑着对师傅说：
八一老爷②
这活太累了
望着你那
红红的双眼
师傅的心里
阵阵发酸

去睡吧
明天再干
不
我去洗把脸
今夜把萨 178
这口井核查完
哗哗的水声过后
你依旧在核查的前线

星儿闪
月似船
数据海洋光闪闪
不信满天星星数不尽
铁人精神在心间

是谁一竿子
打落星辰
看见
刘会还在核查的计算机前
六个月人憔悴

衣裙渐宽
高举三三精神的旗帜
学铁人咱不下火线
严把数据质量这一关
我要对得起前人
对得起油田

2003.12.25

注释：

①刘会，女，1963年出生，勘探研究院工程师，2018年退休。

他是油田开发数据库专家，数据库核查项目组核心成员，本项目获大庆油田科学进步二等奖，获大庆勘探开发研究院特等奖，他曾代表项目组在院全体员工大会上介绍经验。

②八一老爷：是项目组对作者的戏称。

▶ 一片冰心在玉壶

油田专家
——记洪东

出牛村
进油田
忽见油海万里帆
喇萨杏
葡萄花
北接喇嘛甸
油田长又宽
少年血气
战地斗天
燃烧青春岁月
造化坤乾

学硕士
读博士
新一代专家掌管
这大油田
老一辈石油工人
露笑脸
踏着铁人的脚步走
宁可少活二十年
要叫千米石油见青天
红旗飘飘
让葡萄花香飘满油田

2005.7.1

注释：

许洪东，男，博士，1968年生，大庆采油七厂副总地质师，地质学专家，时任大庆油田采油七厂地质研究所所长。

第五章　报国敬业篇

五千万

——有感大庆连续 26 年稳产五千万吨

科学打破传统的模式
现代化发出新鲜的光源
把太阳馈赠的爱情
反射出去
献给祖国的油田
这是石油人的心声
一个燃烧的呐喊

五千万
是祖国的需要
祖国的需要
是大庆人的心愿
也许未来五十年
也许更遥远……

2003.8.5

注释：

1959 年大庆油田松基三井喷油，1960 年开发，从 1976 年开始，已经连续二十六年原油产量逾 5000 万吨，2002 年井口年产量 5280.31 万吨。

第六章　共勉篇

开篇诗：

海内存知已
天涯焉无缘
聚在一时空
何必萁豆煎
人生有缘人
时时常共勉

1991.10.1

好夫妻

——赠新人

并蒂花呈瑞
鸳鸯友谊真
修来百春缘
千年结同心

2001.9

注释：

写在清华大学何升金与孟萍的婚礼上。

> 一片冰心在玉壶

好同事

红花绿叶配
日月相映明
即是有缘聚
互暖心为美

1991.7.6

新星赋

——赠胡晶

影艺新星才女秀
虚若幽谷白云流
自是天公常做美
尽洒仙子缀神州
冰心玉洁照华夏
五光十色亮环球
借问花王何处寻
黑龙江上一叶舟

2004.7.26

注释：

胡晶，女，1968年生，哈尔滨师范大学毕业，哈尔滨师范大学硕士研究生导师。胡晶是一位勤奋向上永不满足的女性，时任哈尔滨师范大学教授。2004年6月送来其新作《数字摄影教程》，此诗，为读《数字摄影教程》后感慨而发。

神奇

——再题景林

似汪洋
深无底宽无边
似泰斗
根参地顶参天
证阴阳
三教九流尽通
习纲目
贤经圣书博览

袖里吞金儒生奇
博闻强记出深山
三指禅功人得救
抓把花草做神仙

注释：

吴景林，男，系作者至交，1955 年出生，2015 年退休。黑龙江省中医学院毕业，时任黑龙江省大庆市第四医院中医科主任，喜地理，善桥牌，中医理论和临床均有很深造诣。

● 一片冰心在玉壶

奔前程

——赠志刚

豪气爽，天地宽
雪梅春翠争斗妍
义如叔宝大英雄
常吞云霞聚群贤
春风得意马蹄疾
豪情满怀酒令先
瓦岗入唐成大业
志刚得道鹏程远

1998.10.10

注释：

李志刚，男，1970年出生，中共党员，黑龙江省大庆市第四医院科教科科长。黑龙江哈工大计算机专业毕业，时任黑龙江省大庆市第四医院机关干事。性格似古代英雄，一副虎胆，一身傲骨兼一腔豪气。

人缘好且广，情商高且义气，工作能力强且练达，颇具备成就大事的资质。28岁正是年轻气盛之季，好人生刚刚开始。扬长避短，遇伯乐便是千里马！遇明主便是一名骁勇善战、难得的将才。

第六章　共勉篇

题瑞成

梅花点缀万点红
松柏呼回绿春风
一步三稳人生路
厚天依地属瑞成
神仙不争名中利
喜庆只向存德赠
千米油层一眼穿
钻塔入云唱英名

1998 年冬

注释：

曹瑞成，男，1965 年生，博士，中共党员，大庆油田公司储量评价部主任，时任大庆勘探开发研究院开发二室组长。

> 一片冰心在玉壶

情谊无价

——再题立阳

仙子喜坠彩霞中
红花笑放白云顶
纵然大谋深难测
情义一世酒香浓

古道热肠待友真
帮了同僚助弟兄
替人盘算指阳关
众星捧月月更明

时代误人志不误
沧桑正道日东升
酒醉之时人更醒
唤回李白重作情

1997.3.1

注释：

梁立阳，男，1955年5月出生，大庆市第四医院五官科主任兼书记，2007年因胃癌，去世。

梁立阳系作者至交。少逢文革，16岁去大庆北安农场参加工作，毕业于大庆石油学院师资专业，时任黑龙江省第四医院科教科科长。他是一位少见的高智商、高情商的人，风度翩翩，潇洒幽默，以善良待人，以仁义助友，热心于为人排忧解难，带人指路。医技长于眼科，出类拔萃于管理。最有趣的故事就是发生在干部体检时的一件事。因为，这件事容易联想起："李白斗酒诗百篇"。

第六章　共勉篇

1995年干部体检，他自然也去挨科检查，结果出来了，他的脑袋与常人不同，属于畸型，正常人的脑室有四个，他却长了六个。于是体检大夫问他有无不适，他回答一生下来就这个脑袋，没什么感觉，就是喝酒……

"怎样？"医生忙不迭地追问。

"喝醉了，比不喝酒时还清醒。"他答。

什么？在场的人惊奇。

体检大夫，茫然。

喝酒去，他对在场的朋友说。

> 一片冰心在玉壶

题丽凤

眼如月 智如星
闪闪亮亮在油城
为人大方心善良
朋友喜欢亲人疼

可采储量显身手
相夫教子亦更能
精进向上争第一
迎风彩旗展人生

2003.1.10

注释：

兰丽凤，女，1968年生，中共党员，博士，北京中国石油勘探开发研究院开发所高级工程师，时任大庆勘探开发研究院开发规划室储量组工程师。

高尚立业

——赠进京

祖修子孙成良医
造福世人功天齐
人间自古医比佛
大智大慧有大气
见君常思孙思邈
仁义生根立天地
人生几度春光在
德满乾坤搭云梯

2000.3.1

注释：

艺高人胆大，德高成大业。张进京，男，1963年生，作者恩师之子。时任黑龙江省大庆市第四医院社区主任。他是位品行端正，不以地位取人，品格高尚的青年；他凭精湛的医术，顽强的拼搏，热情的服务，赢得世人的认可和赞叹。他冲破难关，战胜困难成就了一番事业。他的成功提示人们"德高、技湛，精进向上"是能成就一番作为的前提。

▶ 一片冰心在玉壶

业精立身

——题玉燕

水止花惭月隐形
婵娟高洁天地荣
志大不分步早晚
业精人善睿智星
一朵红梅将春唤
淡抹浓妆亦彩虹
未把权贵当尊贵
不让须眉呼云风

1999.1.10

注释：

高玉燕，女，1963年生，中共党员，大庆四医院正科级干部，时任黑龙江省大庆市第四医院院办主任。她是一位传奇人物，在以第一学历为出身的改革时代，她从地方到医院，从基层到医院，从工人到干部；从技校到本科，从办事员到正科级主任。她的成功再一次证明了，敬业者方能业精，业精是立身成功之本，不要因为学历低、起步晚而失去信心，重在精进向上，有道是"有志者事竟成！"

诚信为本

——赠厚友

青松笑在风雪吼
海浪三千鱼自由
诚信之人立身稳
忠厚朋友最长久
胸中能容难忍事
仁中豪杰看厚友
以心待人知己多
人生一世乐悠悠

注释：

刘厚友，男，1964年生，中共党员，大庆市第四医院正科级干部，时任黑龙江省大庆市第四医院财务科长，他是一位忠诚、厚道之人，在与人交往中长于以心换心赢得朋友的信任，在工作上勤恳，以责任感赢得同事、领导的信任。

一片冰心在玉壶

人师之师

——赠贾书记

引子：

人生舞台似沙场
又如原野山泉旁
想中梦，幻中想
时空远比理想刚
有志毕竟寻大道
人生信念争向上
阴阳平衡法则在
不尽黄河向东方

①
地壳运移
山地海洋
铮铮骨骼
烈火金刚
虚怀若谷
整个苍穹
呼风唤雨
地摇天响

②
济世之才
历史堪当
诸葛魏征
伯温称相
天生我才
必有用场
雄才大略

第六章 共勉篇

风骚一方
③
微目解出
三三神数
慧眼一扫
人间彻亮
勤勤恳恳
位卑忧国
兢兢业业
万代光芒

有诗为证：

长江滚滚唱豪情
天降奇星比良相
三顾茅庐谁点破
以君为镜思张良
古往贤德比贾兄
人师之师一轮阳

▶ 一片冰心在玉壶

降生

东汉幼童巧称象
北宋小儿智砸缸
张亚子星宫闪亮
贾门喜迎状元郎

曾经

也曾次次登金榜
少年得意志气昂
也曾放眼看世界
试卷留洋进考场

也曾遨游搏书海
大学城府试锋芒
也曾观星游太空
飞机直飞瑶池旁

也曾
霜打青苗风揭瓦
火烧上房池鱼殃
也曾
君子落难浅水龙
英雄仰首问上苍
立志
一腔热血
图效国
两行热泪
寻音赏
几偿人间苦与辣
豪气一声惊雷响

跺跺脚一双
决不屈
锤锤铁胸膛

▶ 一片冰心在玉壶

　　　　　　　　不能罢
　　　　　　　好男儿立志在凌云
　　　　　　　是金子就该发金光

第六章　共勉篇

爱情

七月七日喜鹊忙
仙女盼来会牛郎
一道银河能隔断
月老红线心一双
有缘夫妻常恨事
王母为何打鸳鸯
自古真爱最难解
春心化舟破天浪

你翩翩才子
儒雅风流
旭日彩虹
文星临窗
勾来明月
引凤求凰
她天女散花
五彩缤纷
明月一轮
瑶池歌亮
舍仙就凡
为了所爱
诚心一颗
慧眼一双
人生难得一情郎
为此扔掉了大营长

▶ 一片冰心在玉壶

　　　　　　　　夫妻共进
　　　　　　　　迎接曙光
　　　　　　　　春回大地
　　　　　　　　万花齐放
　　　　　　　　明珠一对
　　　　　　　　光闪东方

第六章　共勉篇

冶炼

我说，劳我筋骨谁个怕
　刀对刀来枪对枪
　　且看
　苦其心志谁个退
　气贯长虹寻曙光

　一番番淘炼人生
　三回回英杰更强
投书、击锄、游麦浪
战地、斗天、话沧桑

　趟过九曲十八弯
　翻过九道十八梁
　回眸一笑三十春
　铁是铁，钢是钢
　自是天降我生来
　锐不可当登大堂

　　上苍造杂家
　　地上骏马狂
　　数物文哲体
　　农医两地王

191

▶ 一片冰心在玉壶

仙境

一条清泉翠山旁
一片绿茵放花香
一张八仙桌儿摆
一支毛笔纸三张

一群鸟儿空中唱
三个书生六壶浆
李白吴刚请下来
九杯相碰论阴阳
　把酒摘星辰
　挥笔洒华章
　琴音合月宫
　雅士醉天堂

1998.12.1

注释：

贾书记，1948年出生，2008年退休，返聘大庆卫生局正科级调研员。

时任大庆第四医院党委书记。他的人生脚步，走的艰难。在那个大家知道的年代，为了和他结婚，妻子放弃了大庆兵团营长的位子。

他曾经考上出国苏联留学生，因为社会关系，没被批准。

他曾经考上飞机驾驶员，因为社会关系，没被通过。

最后，回到农场做了一名小学代课老师。

他教过小学、中学、中专，教过数学、语文、政治、体育，自谓之杂家。

他当过干部，股级、科技、处级，可谓一路高升。

第六章　共勉篇

送忠惠

一双眸
柔中带刚
春光流

一双手
清风化曲
唱着走

一开口
浩然正气流心头

一支笔
字字婵娟
诗文秀

行走江湖须眉愧
婷婷婀娜百花愁
风风火火飘仙气
人生舞台敢风流
几度白雪缀红梅
尽吞云霞亮悠悠

2000.9.1

注释：

于中惠，女，1961年生，中共党员，大庆少儿培训中心主任，2016年退休。因要照顾双亲，高中参加工作，坚持自学，时已取得教育学硕士学位。历任，大

▶ 一片冰心在玉壶

庆石油工人，支部书记，机关干事、科长，大庆石油管理局教育培训中心组织部长，时任大庆省重点中学第一中学副校长。

送凝菲

深似大海不见底
静如秋水清光依
目里流出睿智花
心里藏星闪神奇
远看冬梅秀气仙
近前更觉玉洁迷
荣登大雅踩云来
分明菩萨点龙女

2001.9.20

注释：

王凝菲，女，作者的妹妹，1963年生，大学文化，中共党员，2018年退休，曾历任大庆石油管理局会计、干部处科长，时任某公司纪检书记、总经理助理。

▶ 一片冰心在玉壶

送晓辉和景阳

一条红线系二星
万缕情丝绕一生
天降大任无争高
地迎江山笑映红
孙吴放眼江东久
晓景更著看日升
鲲鹏展翅图精进
辉阳万年照天明

2001. 仲秋

注释：

吴景阳，男，1963年生，中共党员，哲学硕士，大庆油田井田公司党委书记，撰有多篇论文及诗作发表。

孙晓辉，女，1964年生，民进大庆市委员，经济学硕士，大庆石油管理局矿区事业部，正科级干部，2019年退休。曾在大庆师范学校、大庆石油管理局计划处任职。

诗中："无争"指他们的爱子——小学五年级学生吴铮，曾多次获国内外文学奖。

送秀丽和作林

龙向南海显神奇
布雨江山作秀绿
一夫本是天出头
林丽山仙画寰宇
大展宏图育新秀
华佗再世也学习
百年修得共枕眠
造福人间不空聚

2001.仲秋

注释：

龙作林，男，中共党员，系作者学生，1961年生，大学文化，主任医师，国务院特殊津贴医学专家，上海中山医院骨外科主任。

曾历任大庆第四医院骨外科医师、主任，大庆市第七医院副院长，曾发表医学论文几十篇。

向秀丽，女，1963年生，文学硕士，时任上海某高中班主任，2018年退休。曾任大庆师专讲师，某公司宣传干事。

一夫是指他们的爱子——初二学生龙一夫，一个非常出色、品学兼优的孩子。

> 一片冰心在玉壶

送晓辉

秋水为神玉为形
闭月隐星羞芙蓉
心如圣女常微笑
内里远大闪繁星
观音点化带仙露
王母开窍笑盈盈
精进向上显豪气
献给世人一盏灯

2000 年春节

注释：

孙晓辉，女，1964年生，民进大庆市委员，经济学硕士，大庆石油管理局矿区事业部，正科级干部，2019年退休。曾在大庆师范学校，大庆石油管理局计划处任职。

题效华

骨如青松拔山中
心如火炭燃豪情
巍峨泰山翠峰上
东药仙人敬丹青
莫道世态多炎凉
效仿效华暖人生

2002.12.1

注释：

李效华，男，1965年生，中共党员，南京医科大学毕业。黑龙江省医学名医，时任黑龙江省大庆市第四医院心内科主任。效华，待人豪爽，为人侠义，对患者热情。一日，一位老太太，因为心脏病发作，没钱交押金，住不上院，正好被效华赶上，他对护士说："马上入院抢救，钱我交。"这位老太太感动得热泪盈眶，说："你是我的救命恩人，谢谢共产党。"老太太脱离危险后，老太太的儿子也赶到了第四医院，闻言感慨万千，说道："当今的好医生，你是天下第一人。"

▶ 一片冰心在玉壶

送世贵

文披彩霞染油城
几度寒窗几春风
玉树临风连井架
平常心态解人情
品德仁义效圣贤
含芒吞吐满江红
人生瞬间光永在
指点江山看日升

2004.10.11

注释：

王世贵，男，1961年生，大庆井下总工程师。

华人处世观

——送张帆
花要半开
酒要半醉
饭要半饱
财要半露
弓要半拉
神要半用
话要半说
才要半宣
儒释道玄
君子谦恭
以善为美
忍让为尚
文明大国
礼仪之邦
衣冠民族
中庸之道

2004.12.8

注释：

张帆，男，1984 年 12 月 16 日生于中国大庆油田，大庆采油五厂工程师，时就读于新西兰林肯大学。

> 一片冰心在玉壶

题书麟

农家炊烟升云空
水浇桦树风雨挺
池中鲤鱼跃龙门
菩提树下一盏灯
弓长家中不善射
善修状元文曲星
戏舞游龙点乾坤
子出国门踏前程

2004.12.2

注释：

张书麟，男，1958年生，博士，中共党员，张帆之父。2018年退休。时任大庆榆树林油田矿书记。

扬志

——赠明利

朗朗一片开三泰
哈哈三暖尽开怀
斗室窥透天下事
窗口勾回明月来
神龙施雨万物翠
空中斗云点将台
古往人生在朝阳
乘风扬志九天外

2004.11.10

注释：

江明利，男，研究生学历，大庆勘探开发研究院资产管理部副主任，科级干部，2004年被公派加拿大留学，业务精湛，时任研究院工程师。

▶ 一片冰心在玉壶

永远在一起

你是一朵玫瑰花
风吹起舞
雨淋更艳
冬天乘银花而去
到天堂休息一会
春天驾云霞而归
来人间潇洒一回

无论你是
在大地田野
无论你是
在天上瑶池
还是无论你是
在宇宙的任何一块地方
你永远和我们在一起
我们永远和你在一起

你是一棵小松树
炎热便笑
雪压更青
冬天你陪伴着梅花
让大地和谐艳丽
夏天你陪伴着花草禾苗
让人间高大骄傲

冬天你披一件白色的外衣
朔风扶你起舞歌唱

第六章　共勉篇

夏天你披一件红色的风衣
绿色陪你尽显万千情丝
无论你是
最冷或最热的季节
你永远和我们在一起
我们永远和你在一起

你是神奇的大自然
你妆点了大河高山
你是空中纯洁的白云
你送来透明的人间
你是山脚下的小溪
你代表了百折不回的甘泉
你是清亮的晨露
你是美丽的花仙
你是银河的飘带
你是生命的典范
无论你代表着什么
无论你忙碌着什么
你就是你
属于伟大的自然
无论你是
在时空的任何一个点上
你永远和我们在一起
我们永远和你在一起

2005.3.24

▶ 一片冰心在玉壶

赠南慧

文修才子武修功
长白峨眉两云峰
自古否极化天泰
智在东西南北中

2004.12.8

注释：
罗南慧，男，1961年生，博士，大庆井下作业公司，任外协项目部主任。

第六章　共勉篇

千禧年望年共勉

——送吴铮、焦阳等小朋友

三更灯火五更鸡
正是健儿立志时
今生幸遇好光景
胸怀九州勇攀登
大海航行靠舵手
豪杰征途方向明
龙的传人龙种在
但使中华多一星

2001.12.29

注释：

吴铮，男，1990年生，硕士，毕业于英国埃克塞特大学。时小学五年级学生。

焦阳，女，1989年生，硕士，英国拉夫堡大学毕业。北京中信信托有限责任公司，财富部项目经理，时小学五年级学生。

▶ 一片冰心在玉壶

小苗与大树

——送晓辉暨年轻的母亲们

张开眼
一株小苗
合上目
一颗大树
苗是好苗
树是良木
好苗不能自己成材
需要园丁细心呵护
剪枝修理浇水培土
倾注出一生的心血
小苗儿成参天大树
参天树　栋梁木哟
百年育人十年树木

（2001.12.30）

注释：

孙晓辉，女，1962年生，硕士，2016年退休，大庆油田矿业事业部，正科级干部。

天道公

天降才女仙气瑞
进取之光闪金辉
史刀无情刻巾帼
花开几处喜中悲
志向高远敢立命
秋风有情待腊梅
莫侮人生恨事多
苍天对君笑微微

2002年8月27日晚9:50

注释：

此诗是为刘新云来访所作，刘新云，女，1965年生，大学文化，中共党员，属奋斗型女性，婚姻蹉跎，以此诗鼓励。

▶ 一片冰心在玉壶

千禧年与宝成共勉

状元不第却百能
屋穿风衣木雕龙
三尺讲台指仙路
十字楼阁笔威风
今世彻悟人生道
半生勤奋一生名
金银珠宝不再贵
手捧经书到天明

2002.元旦.子时

注释：

苏宝成，男，内蒙人，1963年出生，装潢师。高考落榜，坚持多学科自学，历任，教师，机关秘书，对人生有很深刻的见解，他的作品《一位出名的画家》获内蒙古文学作品三等奖。

千禧年与妙易共勉

一条云梯连天庭
妙易在下上众生
九宫八卦掌中握
儒道释学在心中
默默无闻学地藏
嘻嘻哈哈做雷锋
不问真经在何方
人生偏爱无字经

2002.元旦.子时

注释：

妙易，女，1958年出生，黑龙江省泰来县人，曾做过大队妇女主任，她为人豪爽，好善乐施，人称活雷锋。

> 一片冰心在玉壶

千禧之年与李东方共勉

  天上仙子进家中
  地下才女智慧星
  不问文曲在何方
  而立之年大学情
  人生一世博为高
  饱学诗书悟字灯

2002 年元旦.子时

注释：

李东方，女，1968 年出生，大庆采油八厂工人。她勤奋、上进、好学，不甘落后，36 岁考入大庆石油大学。

千禧之年与吴君共勉

人生处处见通途
少年个个寻幸福
看看历史过来人
教儿求学光明路

留得金银上千两
不如明解一经书
但看子孙有成者
哪个不是好父母

2002.元旦.子时

注释：

吴君，女，中共党员，1958年生，黑龙江省鸡西人，2003年退休。其女高蕾2002年考入大连大学音乐学院，成为高家世代第一位大学生，她说她的一生很成功！

> 一片冰心在玉壶

千禧年与桂英共勉

雷锋精神好德性
华佗之术救人命
自古行医大善事
解人病痛人人敬
留得青山近日月
不愁火旺接天庭

2002年元旦．子时

注释：

张桂英，女，1955年生，医师，黑龙江省通河县人，2013年退休。

张桂英是位事业型的女性，在通河县享有"张一针"的盛名，内退后在大庆市开办私人诊所。她是位技术高超而热心和善良的医生，曾有这样一件事情，因某孕妇在医院产下一男死婴，该婴儿的祖母不忍丢弃，抱着死马当活马医的想法，求助张大夫，经过两个小时的努力，张大夫竟然奇迹般地救活了这个男婴。

第六章　共勉篇

千禧之年与宇宁共勉

人生最喜不倒翁
几度重阳花都红
一壶浊洒吟诗句
两本药书传世中
本来英雄泣鬼神
当然松青风雪迎
大明时珍名天下
不比时珍不宇宁

2002.元旦.子时

注释：

王宇宁，男，1964年生，主任医师，大庆药监科长。1987年7月毕业于佳木斯医学院药学系，同年分配到大庆市第四医院药剂科。1992年晋升主管药师，1997年晋升为副主任药师。1998年被佳木斯医学院聘任为药学兼职副教授。著述有《儿童用药指南》《实用外科围手术期处理》（已由黑龙江科技出版社出版发行），在国家级刊物上发表论文六篇。他主持的"复方山豆根口服液的研究"项目获《大庆市科技进步三等奖》。

> 一片冰心在玉壶

千禧之年与庆博共勉

大志高远豪气生
万里云天冲云鹏
天地平衡求真理
只叫孔明叹不声
技艺精湛解病苦
善心一颗度众生
人间最善属医道
一生为民万世名

2002 年元旦 . 子时

注释：

孙庆博，男，1964 年生，主任医师，中共党员，哈尔滨医科大学毕业，就职于大庆第四医院。孙庆博大夫，长于精湛的外科医术和对医道的理解。曾在国家级刊物上发表十几篇有价值的医学论文。

千禧之年与相玲、艳华共勉

好善乐施多亲朋
热心待人善心明
自古心灵手也巧
帮人助人见真情
佛光普照赶好事
菩萨慈悲显神灵

2002 年元旦 . 子时

注释：

孙相玲，男，1958 年生，大庆石油工人，2018 年退休。姜艳华，女，1958 年生。孙相玲、姜艳华夫妇二人，待人热情，大方，乐善好施，广受亲朋赞誉。

▶ 一片冰心在玉壶

千禧之年与苏展共勉

一轮皓月满空明
万颗繁星竞相争
一夜春风百花开
百场风雪梅花红
若有神算理第一
岂可诗文不一名
四书五经出圣人
良性循环才子生
李白斗洒诗百首
焉不诗文在功中

2002，元旦．子时

注释：

苏展，男，1986年生于内蒙古甘河镇，大庆采油四厂作业大队技术员。大学文化，中共党员，时大庆第十七中学学生，他强于理弱于文，尤其不理会政治，此诗鼓励他在文科上赶上去。受此诗激励启迪，果不负众望，刻苦学习，百倍努力，2002期末考试政治获第一名，获大庆市第十七中学三好学生，学习标兵，优秀班干部。

第六章　共勉篇

千禧之年与王瑞玲共勉

脉开智门长悟性
经书新闻两相通
玉女终究喻仙女
一曲一诗佛光明

2002年元旦.子时

千禧之年与秦玉香、李仁荣共勉

宰相肚里能撑船
弥勒哈哈笑开颜
容长容短容天地
五湖明月在心田
与人为善心情好
百年人生天地宽

2002.元旦.子时

注释：
秦玉香，女，1950年生，大庆石油干部，2005年退休。
李仁荣，男，1952年生，大庆银浪仓库，基层干部，2012年退休。

> 一片冰心在玉壶

千禧之年与凤贤共勉

愁杀百花嫦娥惊
亭亭玉立月不明
三尺讲台承圣人
满天之下桃李红
开口句句吐仙气
落笔字字溅金星
满腔亲情传学问
家长学生笑盈盈
莲花朵朵送有缘
分明菩萨教育中

2002.元旦.子时

注释：

曲凤贤，女，1958年生，2013年退休，大专文化，1975年开始执教，时任大庆市某重点小学班主任，被评为黑龙江省名师。

千禧之年与金林、庆华共勉

田里长苗人才生
种禾之人善根种
三更披星五更起
粒粒金米颗颗星
言传身教育子孙
滴滴汗水百花红
缕缕清香天知道
滚滚豪气为众生

2002年元旦.子时

注释：

王金林，男，1964年生，农民。曹庆华，女，1966年生，医生。王金林、曹庆华夫妇，为人纯朴、正直、热情，夫妻二人一直坚持农业科技和文化学习。对种田和人生，有深刻且令人信服的见解。

> 一片冰心在玉壶

千禧之年与赵兄、王姐共勉

人生路上有泥泞
弯弯曲曲多不平
自古豪杰不服输
跌倒再起志铮铮
烈火烤炼终成金
佛光普照路光明
尽翻史书五千载
不经风雨不英雄

2002.元旦.子时

注释：

赵海庆，男，1946年生，2006年退休，大庆银浪仓库安全室主任。赵海庆为人豪爽，仁义，工作认真负责，多次被评为优秀员工。

王换康，女，1950年生，待人厚道、实在，深得邻里好评。

小茗茗

①
红领巾
在胸前飘散
双眸里
开出睿智花
电脑里
画出星球飞舞
金榜上
向着头名进发

②
小辫儿摇摇笑盈盈
小口儿一张送春风
看——婷婷婀娜小天使
呵——花儿一朵向阳红

③
学习委员
三好学生
听话懂事
礼貌干净
一角红旗
为你开路
朵朵白云
携你上升

▶ 一片冰心在玉壶

④
借问姑娘何方至
瑶池飞来小神童
学问殿堂等你进
人间闪亮一颗星

2003.2.27.下午

注释：

孔茗茗，女，1995年生，新加坡留学生。时研究院小学二年级学生，三好学生。

第七章　抒情篇

一片云，梦

——写给一个女友

当录音机里唱出
你来到我身边
带着微笑
带来了我的烦恼
我感到这是我的呼唤
——思念的
……那时
你像一片云
轻轻地由天边飘来
你像一朵花
缓缓地被春风吹开
你像一首诗
含情地由瑶池传来
啊
我的云
我的花
我的诗
我的梦

一片冰心在玉壶

你像一颗星
深情地和我的眼睛
相望着
星星是眼睛
眼睛是星星

……那时
我不知你
从哪里而来
又飞向何方
只觉得
有缘幸会
是由于上帝的安排
……我终于 终于
找到了
找到了——
君子你
……你也终于 终于
与我今生相遇

我惊呆了
不知是由于你
而忘记了我
还是由于你
我才又找到了我
……也许

……也许
当你发现银河水
水位上涨时
那是由于你的我的

第七章 抒情篇

眼泪引起

发着如痴的梦呓
我进入了梦乡
我梦见
丘比特开弓
射中了我和你
你高兴地大哭着扑向我
我紧紧地把你搂在怀里

你哭着
说着
睡着了
睡梦里还喃喃地
喊着
盲女

我轻轻地
再轻轻地
抚摸着
静静地
拍着
吻着你
在梦里
我睡着了

我梦见了
我俩手牵着手
在无边的草原上狂跑
使劲追着天上的白云
望着天上的霞

227

一片冰心在玉壶

喊着鹰的名字
好不舒畅
好不惬意

我梦见
我们有了一个窝
你对我说
这就是遮风挡雨的港湾
我们挽臂步入
依偎而坐
谈人生
说生活
斥小人
赞君子
说今天
谈未来

我给你读我写的诗
你给我唱你编的歌
你端来你烧的野菜
我端来我沏的山茶
你说茶一杯一杯
好香好香
我说歌一首一首
好美好美

你问我什么叫幸福
我说你知道
我问你什么是缘分
你说我知道
双眸深情吻着双眸

第七章　抒情篇

两颗心融化在一起

……我梦见
花前月下
微风拂面
柔柔的
柔柔的

我搂着你
你紧紧偎着我
悄悄讲话
窃窃私语
数着天上的星星
猜想宇宙的神奇

请宝玉黛玉结伴
又邀来牛郎织女
一起到月亮上走走
驱散嫦娥姐姐的寂寞
给她讲讲人间的新鲜事
让她听听宫中情曲

玉兔小妹妹手舞足蹈
桂花树拍手笑嘻嘻
广寒宫第一次有了笑声暖意
善财龙女送来菩萨的贺礼
玉帝大发慈悲
下旨牛郎织女不再分离
王母派月下老找来后羿
传下话让她们在月宫定居
牡丹仙子更是活跃

229

▶ 一片冰心在玉壶

　　　　她要使化蝶的人儿团聚

　　　　我梦见
　　　　我们乘小舟
　　　　轻轻荡漾在
　　　　西子湖之上
　　　　那湖如镜
　　　　飘着白云

　　　　你映在湖面上
　　　　我说看七女好美好美
　　　　你说瞧董永好傻好傻
　　　　笑声震起了波纹
　　　　把两个影子和白云重叠起来
　　　　溶在水里
　　　　时间停止了

　　　　飘呼呼呼唤着
　　　　你北往
　　　　忽悠悠呼唤着
　　　　我南行
　　　　眼见得
　　　　你伸开了双臂
　　　　我也伸开了双臂

　　　　忽然命运神一剑劈下
　　　　一道天河
　　　　巨浪滚滚
　　　　我大惊失色
　　　　我狂呼着对岸的你
　　　　跳进河里

第七章　抒情篇

你狂呼着我
伸出劈浪的双臂
惊醒我还在狂呼着
伸手摸一下
见有泪湿巾

……这是何处
君在何处
我直狂痴
弄不清是梦中醒
还是醒中梦

月光如银
泻在床前
诱我走上了看台
寻觅着众星里的你

1992.11.30 夜

一片冰心在玉壶

我认识的女孩

一个寒冷的冬天
一个偶然的机会
我认识了这个女孩

一个渐暖的初春
一个乍暖还寒的清晨
她离开了这个城市

一个发黄的旧纸包
裹着卖旧586的钱
带着一颗心揣在她怀里

一个理由
我没能等到火车鸣笛
我看见了火车启动

初识
她也许有着放荡的笑
那笑比哭还觉可怜
她也许有着贪婪的目光
那目光比秋霜还淡
她也许有着一缕温柔
那温柔比无家的小猫儿
还软弱
她也许有着青春的热情
那热情里藏着的心
比冰还寒

第七章　抒情篇

我试图唤回她的灵性
不顾她的魂魄游荡到天边
我劝她到银河里去洗个澡
不顾她的血管里
被污泥塞得满满

我送给她火种
再燃青春之火
不顾她哀莫大于心死
冰在心含
我试着给她指一条路
走向光明
不顾她背着大山
身在深渊

她说看见我很亲很亲
上天收走了她那很慈祥的
并不老的老父亲
她说她非常非常
想和我说话

大地拥抱了她那很年轻的哥哥
她说她盼望听我说说
学习上的事
人间债主打碎了她那很大
很大的希望
她说她不知道了
什么是活着
因为她分不清楚什么是梦
什么是死了
她来了

▶ 一片冰心在玉壶

她来了
算起来已经三年多没见了
她带着她像花朵一样的女儿
我惊呆了
她像出水的芙蓉
我看见了瑶池仙子
她像晨霞

她抓住我的手
紧紧地努力地握在她的双手里
她的眸一动也不动地盯着
我的眼
一句话没说

她哭了
她的眼泪像珍珠
是笑着流下来的
她笑了
她的笑像莲花
是带着泪花开放出的

我亲亲她的小仙女
小仙女的眼睛和酒窝
一齐对着我笑
很甜

我想说打听的话
我想说祝福的话
我想说祝贺的话
可一句话没说
因为

第七章　抒情篇

说什么都是多余的

我想起是泥捏的
也有股土腥味
这句老话
我想起"浪子回头金不换"
这句名言
我想起"良言一句三冬暖"
这句俗话
我想起"人人都有善性"
这句真言

愿人类平等
愿弱者变强

不是结尾
时光
如流水
冬去春回
一年过去了

她寄来一张
研究生入学通知书
通知书上的照片
闪着青春的光
通知书上的红印在照片上
放着尊严的光
她一个字没写
我蓦然发现
通知书上的泪痕
我不知道未来是什么

235

▶ 一片冰心在玉壶

  我知道这通知书的分量
  用快递邮回通知书
  我一个字没写

  也许心都在这张通知书上了
  也许心在另外一张通知书上
  一瓢水能够救活一棵苗
  多一分光亮少一分黑暗

2001.11.12. 3∶36

第七章　抒情篇

对面的女孩

——记方彦君

对面出现了
一张美丽的脸庞
那清澈如水的眸子里
涌出亮晶晶的一股清泉
她没说一句话
捧出一颗火热的心

这心像灯
照亮人们的航向
我们不再犹豫
彷徨
向着太阳前进

这心像伞
遮挡住狂风暴雨
我们忍住了
苦辣酸甜
向着太阳前进

大家清楚
无论在坎坷的
泥泞的
还是平坦的路上
都不会停下双脚

▶ 一片冰心在玉壶

一直向着太阳前进

2003.1.10

注释：

方彦君，女，1967年生，中共党员，博士，大庆勘探开发研究院副总地质师。历任开发规划室长远规划组组长，开发规划室主任。时任大庆勘探开发研究院开发规划室工程师。

第七章　抒情篇

爱情的力量

——记唐莉和雪源的爱情

研究室里
分来一位姑娘
石油大学毕业
家在新疆

姑娘
长一双会说话的眼睛
活泼可爱
举止大方

人
像春风里的花
四溢飘香
行人驻足
小伙张望

目
似秋天里的水
清澈明亮
明知非玉环再现
却疑瑶池仙女来访

姑娘
有一个
漂亮的对象

▶ 一片冰心在玉壶

他是油田上的儿子
学成返乡
雄心勃勃
主动分到采油六厂
小伙子一表人才
潇洒飘逸
画一样美诗一样清朗

翩翩形体
虹一样奇
星一样亮

姑娘们疑在
天宫遇仙子
小伙子们不解
无限惆怅

他们是大学同学
一起读书
一道演讲
一块实习
一齐登岗
暗中叫劲
你高我强

不晓得是日久生情
还是共同理想
他们的神灵交合
印在心上
丘比特为自己高超的

第七章 抒情篇

箭法举杯
爱情之花
开放在课堂
……

姑娘说一口
流利的英语
常对着小伙儿说
"I love you!"
"Thank heaven, Your are My life!"
小伙儿眼里
燃烧着光芒

拥抱着
山盟海誓
拍拍手
千米油层回响
陪油流哼着小曲
键盘上奏出
动人的乐章

他们谈情说爱
含情脉脉在网上
主题总是鲜明
人生
爱情
质量

几度燕来
果实金黄
小姑娘

▶ 一片冰心在玉壶

作了新娘
小伙儿
当了新郎

一道红光
将两人融化
一个世界
万般梦想
幸福甜蜜的人儿
陶醉了
睡梦里还在
起舞歌唱

爱情之神啊
你真的神奇
一对小夫妻要为您颁发
世界最伟大的奖状

结婚是加油站
爱情催产能量
他们要携手
追逐美好的希望
向着理想

共同进取
你赶我帮
向着目标
没有彷徨
用智慧开辟
前进的道路
凭双手架起

第七章 抒情篇

成功的桥梁

三年奋斗
百年辉煌
不大不小
年轻轻工程师一双

如今
姑娘被送到美国学习
小伙子
考研走进课堂

对于他们的
成绩和进步
有人说是时代的
幸运之果
有人说是爱情的
伟大力量
他们笑一笑
嘴里含着糖

2002年五一

注释：

唐莉，女，1974年生，中共党员，北京大学硕士，高级工程师，大庆油田周13区块项目中方代表，正科级干部，时任大庆勘探开发研究院开发规划室工程师。

姜雪源，男，1973年生，中科院博士，大庆采油六厂地质大队工程师。

> 一片冰心在玉壶

有感真情

引子

多少人攒真情
多少人想真情
多少人有真情
多少人为真情

一句良言三冬暖
一滴热汤暖心中
一场春雨枯苗长
一个馒头饥人生

①

一滴甘露见真情
颗颗红心天作证
谁说世道多炎凉
瑶池仙女羡人生

人在难处拉一把
不比一炷清香轻
舍得舍得心舍得
好心好报天有称

天上王母爱女儿
地下凡母儿女情
仙女好命一慈母
凡子命好三母疼

第七章　抒情篇

②
仙桃一口三千年
是否凡人都心动
凡神同样重深情
凡人不知问凡人

悠悠祥云带瑞气
滚烫红炭送雪中
感时嫦娥也高歌
只为凡尘比天庭

蜡烛燃己送明亮
舍己为人鬼神惊
真心真意照天下
不是经书是行动

1998.1.11

北极花谷

含目银河闪玉泓
一星为心绕群星
张眸大千景色美
万花丛中一点红

哪里香烟袅袅升
金光闪闪太清宫
这里深秋景色妙
姹紫嫣红诱寒宫

2005.12.3

一个梦

睡梦里
飘乎乎
走进仙山
……

一位神仙
笑对咱
不见开口
佛音传
净其心
常行善
道会有验

话音落
一阵清风
神远去
笑声如花
撒满天

举头望月
月儿圆
但愿长睡
不愿醒
醒来倒也心坦然

1993.8.19

第八章　中高考篇

写在学习篇首的话

　　望子成龙，望女成凤是中国人的传统，是中国人最重要的期盼和追求。为人父母者，一切奋斗中，最突出的就是为了子女，无论穷富、地位高低都是一样。为了子女的幸福和前程，家长们不会在乎任何劳累辛苦、呕心沥血，起早贪黑、顶风冒雨，弯腰求人，甚至肝脑涂地。正是，父母的无私和伟大，所以，在中国人的人文文化里，讲孝成了最重要的理念。

　　本篇是作者在大庆龙门学校上中高考课中，写的一些诗（确切地说，是一些顺口溜和儿歌），从中选择几首收入本篇，愿对亲爱的读者有些意义，或者能有一点提示。这些是在教课中，针对同学们存在的问题，为了解决这些问题而写。如果你能仔细读懂，相信你会在中高考中，考一个好成绩。

▶ 一片冰心在玉壶

高考作文

笔落风起雨也惊
诗成仙山争相诵
谁人生来能诗文
都是摹笔化书圣
院中虽有名匠在
龙门呈上一点红
少年有志勤借用
朱笔点头栋梁成
英雄天人问出处
齐家治国奔前程

祈福

挥秀手请文曲开场
扬毫毛泼墨八方飘香
勤奋闪化一束金光
书写天下锦绣好文章

2005.12.6

中国朝代歌

盘古开天地九州
中华文明映全球
三皇五帝夏商周
周分东西到春秋
战国七雄强秦统
东西汉莽新朝有
魏蜀吴争二晋收
南北隋唐竞风流
五代十国争天下
宋元明清皇室休
国民共和革命胜
中国朝代史悠悠

2007.7.1

有感基本功

基本不牢地山摇
理论为灯航海标
题海浪里轻舟过
一举成名在高考

▶ 一片冰心在玉壶

少年歌

心中有暖
人生无寒
胸怀大志
学习无难
人有目标
勇于攀登
大凡有志者
则事业竟成

1996.4.7

注释：

苏展，男，1986年生，中共党员，大学文化，大庆采油四厂作业大队技术员。时大庆奋斗小学四年级学生，学习优秀。

九州歌

徐冀青兖扬
雍豫荆和梁
华夏分九州
状元在心上

中国远古人

元谋直立人在先云南
北京山顶洞人周口店
河姆渡人长江流域美
半坡人源头黄河连天

八大行星歌

金水木火土天王
海王地球绕太阳
曾有冥王共九个
今是八星迎日光
丙戌捷克布拉格
国际天文权威强

1996.9.10

▶ 一片冰心在玉壶

感栎

栎树并非唯栎阳
神州处处向阳长
栎阳陕西栎作枕
火车长鸣栎歌唱
茫茫大地万里路
莫忘栎树比栎阳
无须揠苗助长君
君游宇宙长长长

1993.10.1

第八章　中高考篇

数学红线歌

数分正负 0 中间
素合互质整自然
小数分数百分数
有理无理定循环
乘方开方与对数
实数虚数三角函
数学推理连证明
归纳框圆算法严
排列组合与数列
集合函数和空间
概率向量不等式
逻辑规划统计宽
圆锥微积与直线
三角四边比方圆

　　　　　　　　　1993.1.1

▶ 一片冰心在玉壶

乘方定律歌

同底相乘官加官
同底相除官减官
官上有官官乘官
正负分明是状元

注释：

官：指数。

同底相乘官加官

$a^3 \cdot 5a^4 = 5a^{3+4} = 5a^7$

同底相除官减官

$\dfrac{a^5}{a^3} = a^{5-3} = a^2$

官上有官官乘官

$(a^2)^3 = a^{2\times 3} = a^6$

$(-2^2)^2 - 2^{2\times 2} - 2^4$

个位是 5 的两位数平方

十位乘上一个不含糊
乘积后跟着二十五
快速运算节省时间
保证你高考好前途

注释：

末尾两位是25

以 15^2 为例，十位是 1，1 的个数是 2，$1×2=2$

$15×15=225$

25^2，十位是 2，2 的上个数是 3，$2×3=6$

$25×25=625$

35^2，十位是 3，3 的上个数是 4，$3×4=12$

$35×35=1225$

$45×45=2025$

$55×55=3025$

$65×65=4225$

$75×75=5625$

$85×85=7225$

$95×95=9025$

▶ 一片冰心在玉壶

对数运算歌

真数相乘对数加
真数相除对数差
若是真数加了官
官乘对数是赢家
对数相加真数乘
对数相减是除法
官与对数做乘积
官是真数真官家
底数真数互相换
倒数乘积一团圆
底数真数互相等
得数是一笑开颜
一的对数总是0
换底乘除两层大
a 的指数是对数
倘若同底真数还
真数官，底数官
母子一起移前端
指数对数逆函数
胸有成竹上金殿

第八章　中高考篇

繁分数歌

分子与分子交锋
分母与分母交战
上子乘下母新子
上母乘下子新母

注释：

用于数学，物理计算中。

$$\frac{\frac{8}{25}}{\frac{4}{5}}$$

常规算法：

$$\frac{8}{25} \div \frac{4}{5} = \frac{8}{25} \times \frac{5}{4} = \frac{8 \times 5}{25 \times 4} = \frac{40}{100} = \frac{2}{5}$$

即 $\dfrac{\frac{8}{25}}{\frac{4}{5}} = \dfrac{2}{5}$

分子与分子交锋，分母与分母交战

8与4，约分，得2

$$\frac{8}{4} = \frac{2}{1} = 2$$

25与5，约分，得5

$$\frac{25}{5} = \frac{5}{1} = 5$$

上子乘下母新子，上母乘下子新母

$$\frac{2 \times 1}{5 \times 1} = \frac{2}{5}$$

▶ 一片冰心在玉壶

指数函数歌

指数函数有特性
截距为一闪明星
定义域里便是 R
值域 0 到正无穷
底数小数减函数
底数大 1 单调增
轴左底大在下面
轴右底大浮上层
对指函数互为反
沐浴春风笑盈盈

注释：

函数 $y = a^x$ ($a>0$，且 $a \neq 1$)

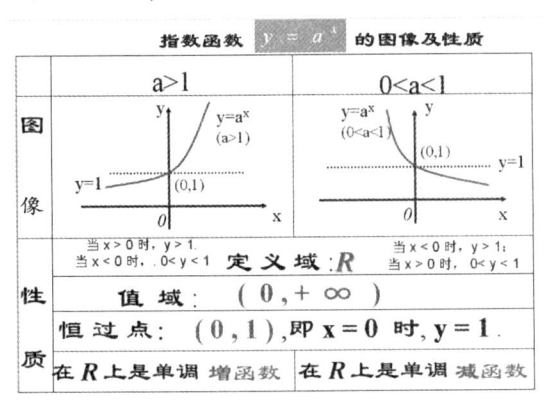

	指数函数 $y = a^x$ 的图像及性质	
	$a>1$	$0<a<1$
图像	$y=a^x$ ($a>1$)，过点 $(0,1)$，$y=1$	$y=a^x$ ($0<a<1$)，过点 $(0,1)$，$y=1$
性质	当 $x>0$ 时，$y>1$；当 $x<0$ 时，$0<y<1$ 定义域：R	当 $x<0$ 时，$y>1$；当 $x>0$ 时，$0<y<1$
	值域：$(0, +\infty)$	
	恒过点：$(0, 1)$，即 $x=0$ 时，$y=1$.	
	在 R 上是单调增函数	在 R 上是单调减函数

截距为一闪明星，交点 $(0, 1)$

定义域里便是 R，值域 0 到正无穷：

指数函数定义域里是 R；值域是 $(0, +\infty)$

底数小数减函数：$0<a<1$ 是，在 R 上是单调减函数

底数大 1 单调增：$1<a$ 是，在 R 上是单调增函数

轴左底大在下面，轴右底大浮上层：

有 y=a^x (a>0，且 a ≠ 1)，y=b^x (b>0，且 b ≠ 1)

当 a>b>1，x>0 时，函数 y = a^x 图像在 y = b^x 图像的上方；当 x<0 时，函数 y = a^x 图像在 y = b^x 图像的下方。

函数 y = a^x(a>0，且 a ≠ 1) 和 y = b^x(b>0，且 b ≠ 1)，的图像关于 Y 对称.

对指函数互为反：指数和对数互为反函数。

▶ 一片冰心在玉壶

奇偶函数运算歌

偶和差偶

奇和差奇

奇偶和差非偶也非奇

偶积商偶

奇积商奇

奇偶乘除总是奇

注释：

设，y=f(x)，h=f(x) 是偶函数，g=f(x)，s=f(x) 是奇函数。

偶和差偶，奇和差奇：

y±h 是奇函数，g=f(x) ± s=f(x) 是奇函数

奇偶和差非偶也非奇：

y ± g 非偶函数也非奇函数

偶积商偶，奇积商奇：

y/h 是偶函数，g/s 是奇函数

奇偶乘除总是奇：

y.g 或 y/g 是奇函数

乘方含意歌

乘方之中幂是积
底是乘数蝶恋迷
指数大将统个数
相同乘数乘方奇

2004.11.18

幂的正负歌

偶次指数幂总正
若是奇数不一定
此时要看底正负
底负则负正得正

注释：

偶次指数幂总正。当指数是偶数时，值是正数。

$(a)^2=a^2$

$(-a)^2=a^2$

$(a)^4=a^4$

$(-a)^4=a^4$

负数的奇次幂是负数；负数的偶次幂是正数

注意：当 n 为正奇数时：

$(-a)^n=-a^n$ 或 $(a-b)^n=-(b-a)^n$，当 n 为正偶数时：$(-a)^n=a^n$ 或 $(a-b)^n=(b-a)^n$

▶ 一片冰心在玉壶

立方和差歌

立方和差前两项
加减符号不变样
后乘 a 方加 b 方
ab 中变号在中央

注释：

$a^3+b^3=(a+b)(a^2-ab+b^2)$

$a^3-b^3=(a-b)(a^2+ab+b^2)$

方程移项歌

方程移项真奇妙
加减乘除全变了
移加变化是减数
减到对面成加了
乘数一移是除数
除数移动变乘了
若是分数来移动
分子分母颠倒了
移项也可不等式
唯有一点莫忘了
不等式乘除一负数
大小方向也变了
方程左右来移动
变量常量便明了

注释：

解方程是数学上的基本功，方程移向是重要的一步。

移加变化是减数，减到对面成加了。

4x−5=10+x （移动 −5 和 x)

4x−x=10+5

3x=15

$x = \dfrac{15}{3}$

x=5

> 一片冰心在玉壶

完全立方和差歌

完全立方差营养

a 立方减了 b 立方

负的三个 a 方 b

加上 3 个 ab 方

若是完全立方和

统统为正上皇榜

注释：

（a−b）^{3}=$a^3-3a^2b+3ab^2-b^3$

（a+b）^{3}=$a^3+3a^2b+3ab^2+b^3$

十字相乘歌

乘两头　凑中间
横写叉乘就圆满
写时只是来照抄
十字相乘真简单

注释：

公式：

$x^2+(p+q)x+pq=(x+p)(x+q)$

例子：

x^2+5x+6

乘两头，

x^2 的系数为1，竖向 $1·1=1$，即 $x·x=x^2$（这里的1是x，$x·x=x^2$），常数项是6，$2×3=6$

凑中间：

$[（1×2）+（1×3）]=5$

x^2-7x+6

x^2 的系数为1，$1×1=1$，常数项是 -6，$-1×-6=6$，$（-1）+[-1×(-6)]=-7$

例：(1) x^2+5x+6　　(2) x^2-7x+6

∴结果为：$(x+2)(x+3)$　　∴结果为：$(x-1)(x-6)$

▶ 一片冰心在玉壶

有理数的乘除歌

同号乘除得正号
异号乘除得负号
正正得正负负正
正负乘除总负号

注释:

初中学习有理数,及其运算。它的乘除就是:

同号乘除得正号,异号乘除得负号:

a×b=ab

−a×b=−ab

−a×(−b)=ab

第八章　中高考篇

有理数的加法歌

同号相加不变号
数值相加就对了
异号相加大减小
正负随着大符号
若是相等绝对值
一个零字跑不了

注释：

同号相加不变号，数值相加就对了。
(−a)+(−b)=−(a+b)
异号相加大减小，正负随着大符号。
4+（−10）=−（10−4）=−6
若是相等绝对值，一个零字跑不了。
−4+4=0

▶ 一片冰心在玉壶

去括号歌

去括号来添括号
最最关键看符号
括号前面是正号
去添括号原符号
如果前面是负号
去添括号都变号
此是去添括号歌
记在心里最是妙

注释：

去添括号是数学上的一个重要运算方法，它的规则是：

括号前面是正号，去添括号原符号：

a－b＝(a－b)

如果前面是负号，去添括号都变号：

－a－b＝－(a＋b)

合并同类项法则

代数合并同类项
看准同类细端详
只求同类系数和
字母指数是原样

注释：

底数和指数都相同的两个单项式，叫同类项。在数学运算中要把同类项合并。

例子：

$2a^2, 3a^2$ 是同类项。

只求同类系数和，字母指数是原样

如果：

$2a^2 + 3a^2 = (2+3)a^2 = 5a^2$

$2a^2 - 3a^2 = (2-3)a^2 = -a^2$

▶ 一片冰心在玉壶

次数歌

多项次数看榜样
哪个最大它阳光
单项次数指数和
系数运算赏花芳

注释：

①多项式的次数是，它的最高项中的次数。

例子：$4x^3+2x^5+7x$　这是个 5 次 3 项式。

②单项式的次数，是各个项的次数和。

例子：$x^2b^3c^5$，$(2+3+5=10)$ 是个 10 次单项式。

第八章　中高考篇

二次函数图像歌

二次函数抛物线

图像需要三个点

一般顶点交点式

表达虽异礼互换

最值横标对称轴

阴阳两星爱平观

a 正开口向天望

若是 a 负把地观

兄弟 a、b 是同号（同左）

顶在 Y 轴落左边

a、b 异号不用看

纵轴右边找顶点（异右）

最值横标对称轴

C 在 Y 轴截一点

△ 方法最简便

x 轴上定交点

此是二次函数歌

数形结合当状元

注释：

1. 二次函数的三种表示形式：

（1）一般式：$y = ax^2 + bx + c(a \neq 0)$

（2）顶点式：$y = a(x-h)^2 + k(a \neq 0)$

（3）交点式：$y = a(x-x_1)(x-x_2)$

2. 规律

$y = ax^2 + bx + c(a \neq 0)$

a>0，开口向上

一片冰心在玉壶

a<0，开口向下

c在Y轴截一点

二次函数的一般式和一次函数一样，常数项c是截距。

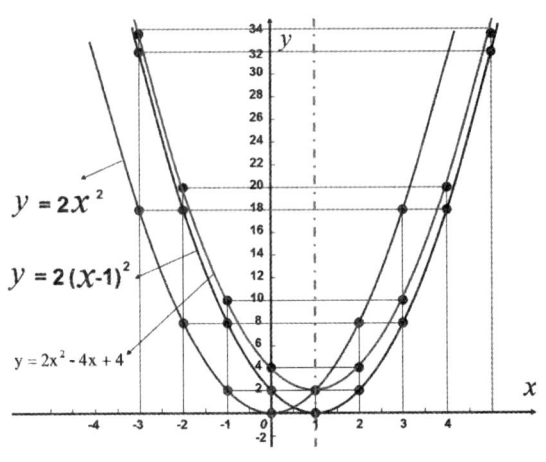

图 8-1

a、b异号不用看，纵轴右边找顶点。

以 $y = 2x^2 - 4x + 4$ 为例：

最值横标对称轴；

对称轴在最值的过x=1点的垂直线上。

阴阳两星爱平观：

(±x,y) 相等

a=2,b=-4，是异号，顶点在Y轴的右面。

△ 方法最简便，x轴上定交点

顶点：

$$x = -\frac{b}{2a} = -\frac{-4}{2\times 2} = 1$$

$$y = \frac{4ac - b^2}{4a} = -\frac{4\times 2\times 4 - 4^2}{4\times 2} = 2$$

二次函数平移复原歌

平移复原很简单
求出顶点是关键
右移得的二次函
减去 n 点回老点
若是原来是左移
加上 n 点把家还
下移得的二次式
加上 n 点便还原
上移移得二次式
减去 n 点老原点

注释：

右移得的二次函，减去 n 点回老点

实际上二次函数的移动是：左加右减上加下减

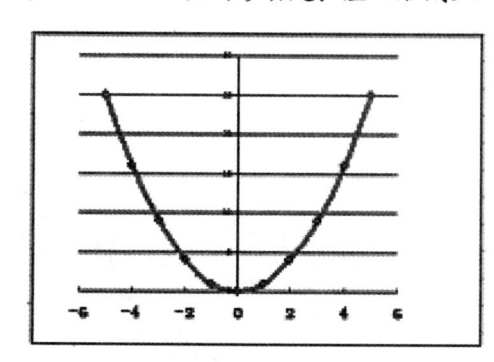

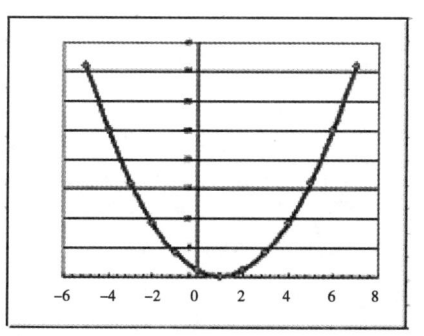

举例：$y=x^2$ 向右移一个单位得到 $y=(x-1)^2$

复原：$y=(x-1+1)^2$，$y=x^2$

下移得的二次式，加上 n 点便还原

n 是下移的单位数。$y=x^2$，向下移动一个单位，得到：$y=(x-1)^2$。

复原，加上 n 个点，$y=(x-1+1)^2$

▶ 一片冰心在玉壶

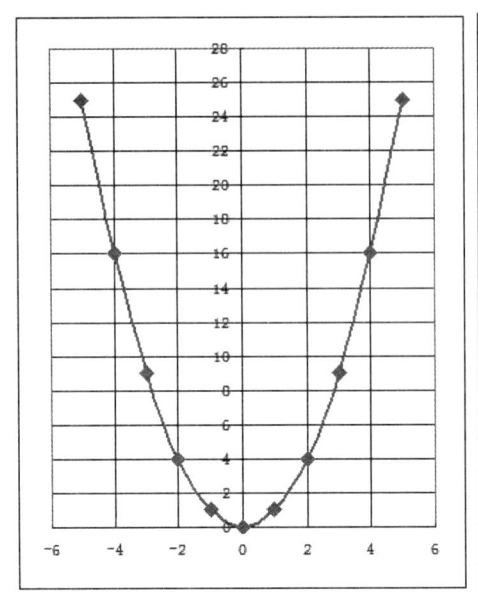

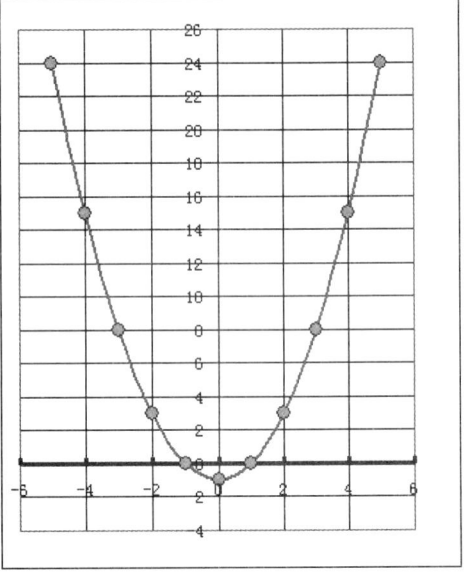

图 8-3   图 8-4

第八章　中高考篇

二次函数平移歌

顶点平移变截距
左加右减没问题
自变量上都要变
妙笔一点图平移

2000.12.2

● 一片冰心在玉壶

二次函数作图歌

定顶点

点截距

再加一点

笑嘻嘻

注释：

$y=x^2+2x+5$

定顶点：(x,y)

$x= -\dfrac{b}{2a} = -\dfrac{2}{2} = -1$

$y= \dfrac{4ac-b^2}{4a} = \dfrac{4\times 1\times 5 - 2^2}{4\times 1} = 4$

点截距：（0，5）

再加 x=1

之后，可以徒手画草图。要注意，以对称轴为准，y=f(±x) 对称相等。

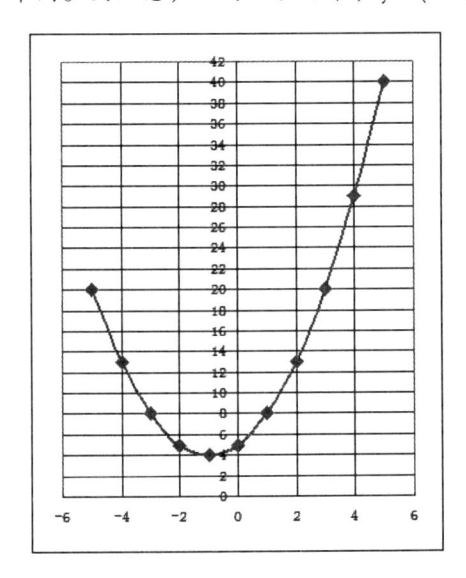

图 8-5

圆弧角歌

一个圆弧 3 个角

圆周圆心弦切角

圆周弦切角相等

圆心顶俩哈哈笑

注释：

圆周角：顶点在圆上，并且两边都与圆相交的角叫做圆周角。

圆心角：顶点在圆心的角叫做圆心角。

弦切角：顶点在圆上，并且一边和圆相交、另一边和圆相切的角叫做弦切角。

如图 8-6：$\angle ACB = \dfrac{1}{2} \angle AOB$

图 8-6 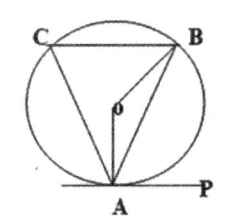　　　图 8-7

弦切角及其性质是证明相等的重要依据，它常常与圆周角、圆心角等性质联合应用来进行证明、计算。圆心角、圆周角、弦切角是与圆有关的三种角，三者之间关系如图 8-7，PA 切⊙O 于 A。

▶ 一片冰心在玉壶

圆幂定理总歌

切线长定理坐首席
切割线定理堪称奇
相交弦定理圆中望
割线定理则笑眯眯

切线长定理歌
点到切点叫何长
秀才唤它切线长
一点到圆两切点
切线长等于切线长
连接圆心分二角
二角相等神曲唱

注释：

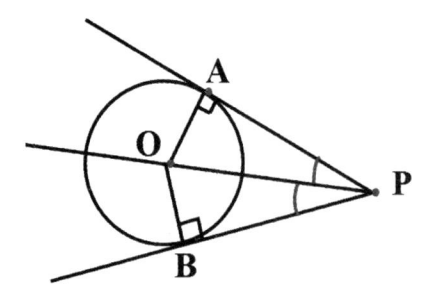

图 8-8

从圆外一点可以引圆的两条切线，它们的切线长相等，这一点和圆心的连线平分两条切线的夹角。如图 8-8 所示：

PA=PB

∠POA=∠POB

切割线定理歌

割线一条切线旁
切线带平方
割线短乘长
两相当
比例中项切线方
思一思
望一望
切割线定理心花放

注释：

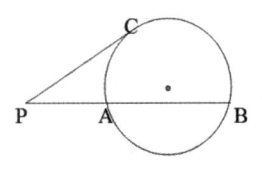

图 8-9

从圆外一点引圆的切线和割线，切线长是这点到割线与圆交点的两条线段长的比例中项。如图 8-9 所示：

$PC^2 = PA \cdot PB$

> 一片冰心在玉壶

相交弦定理歌

  相交弦定理笑声朗
  两弦互分积等量
  若是直径平分弦
  垂径定理在它傍

注释：

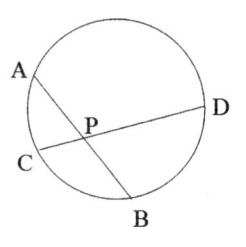

图 8-10

圆内的两条弦相交，被交点分成的两条线段长的积相等。如图 8-10 所示：
AP·BP=CP·DP
推论：
如果弦与直径垂直相交，那么弦的一半是它分直径所成的两条线段的比例中项。
CP^2=AP·BP

割线定理歌

圆外一点两刀长
两刃割在一圆上
长短相乘两相等
割线定理好商量
短是点到圆最近
长是整个线段长

注释：

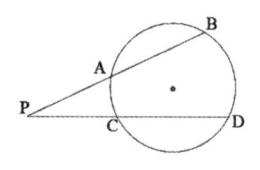

图 8-11

从圆外一点引圆的两条割线，这一点到两条割线与圆的交点的两条线段长的积相等。如图 8-11 所示：

PA·PB=PC·PD

三角形五心歌

三角形有五颗心
重外旁内与旁心
五心性质用处大
仔仔细细记在心

垂心

三条中线定相交
交点位置真奇妙
交点命名为"重心"
重心性质要明了
重心分割中线段
数段之比听分晓
长短之比二比一
灵活运用掌握好

外心

三角形有六元素
三个内角有三边
作三边的中垂线
三线相交共一点
此点定义为外心
用它可作外接圆
内心外心莫记混
内切外接是关键

重心

三角形上作三高
三高必可重心交
高线分割三角形
出现直角三对整
直角三角形有十二
构成大对相似形
四点共圆图中心
细心分析可找清

▶ 一片冰心在玉壶

内心

三角对应三顶点
角角都有平分线
三线相交定共点
叫做"内心"有根源
点至三边至等距
可作三角形内接圆
此圆圆心称"内心"
如此定义理自然

垂径定理歌

两数之和是半径
勾股定理便摆平
若非三四五之数
六八十里闪明星

注释：

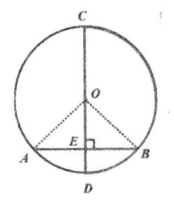

垂径定理：垂直于弦的直径平分弦，并且平分弦所对的两条弧。平分弦（弦不是直径）的直径垂直于弦，并且平分弦所对的两条弧。

一次函数图像与性质歌

一次函数是直线
确定一线是两点
斜率大小夹角定
正切求值最方便
b 的名称叫截距
Y 轴交点它承担
截距为零正比例
一条直线过原点
斜率截距大于零
线过象限一二三
斜率截距都为负
线过二三四象限
k 正 b 负一三四
k 负 b 正一二四
k 正函数单调增
越大横轴就越远
直线平移最常见
斜率不变截距变
向上 b 大向下减
上下平移 k 不变
点斜斜截两点式
记住公式题简单

● 一片冰心在玉壶

反比例函数作图歌

画出数轴点原点
原点对成图美观
取上三个特殊数
不交两轴近无限
k<0 时在二、四
K>0 时在一、三

注释：

反比例函数：$y=\dfrac{k}{x}$，以原点对称，画出图像，是双曲线。

诗中：k<0 时在二、四，K>0 时在一、三，指的是象限。画图时取上三个特殊点。画出一半，另一半靠对称去画。

	图像	所在象限	性质
k>0		一、三	在每个象限内，y 随 x 增大而减小
k<0		二、四	在每个象限内，y 随 x 增大而增大

第八章　中高考篇

三角函数歌

对比斜边正弦名
邻比斜边余弦荣
对比邻 正切哥哥唱
邻比对 余切妹妹笑
赛方口方和为一
正切余切积一星

注释：

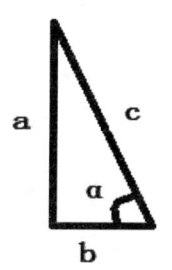

图 8-12

对比斜边正弦名，$\sin\alpha = \dfrac{a}{c}$

邻比斜边余弦荣，$\cos\alpha = \dfrac{b}{c}$

对比邻 正切哥哥唱，$\tan = \dfrac{a}{b}$

邻比对 余切妹妹笑，$\cot = \dfrac{b}{a}$

赛方口方和为一，$\sin^2\alpha + \cos^2\alpha = 1$

正切余切积一星，$\tan\alpha \cdot \cot\alpha = 1$

▶ 一片冰心在玉壶

正切三角函数歌

tan0 在零点
30 三分根号三
45 度总是一
60 又见根号三
90 特殊不相见

注释：

三角函数中，$\sin\alpha$，$\cos\alpha$ 其值：

角度	sin	cos	tan	cot
0	$\frac{\sqrt{0}}{2}$	$\frac{\sqrt{4}}{2}$	0	
30	$\frac{\sqrt{1}}{2}$	$\frac{\sqrt{3}}{2}$	$\frac{\sqrt{3}}{3}$	$\frac{\sqrt{0}}{2}$
45	$\frac{\sqrt{2}}{2}$	$\frac{\sqrt{2}}{2}$	1	1
60	$\frac{\sqrt{3}}{2}$	$\frac{\sqrt{1}}{2}$	$\sqrt{3}$	$\frac{\sqrt{3}}{3}$
90	$\frac{\sqrt{4}}{2}$	$\frac{\sqrt{0}}{2}$		0

由表中可见，正弦、余弦的值很好记。其中：
$\frac{\sqrt{0}}{2}=0$，$\frac{\sqrt{4}}{2}=1$。关于正切的记忆方法，可按诗歌来记忆。

$\sin 0°=\frac{\sqrt{0}}{2}$，$\sin 30°=\frac{\sqrt{1}}{2}$，$\sin 45°=\frac{\sqrt{2}}{2}$，$\sin 60°=\frac{\sqrt{3}}{2}$，$\sin 90°=\frac{\sqrt{4}}{2}$

$\cos 90°=\frac{\sqrt{0}}{2}$，$\cos 60°=\frac{\sqrt{1}}{2}$，$\cos 45°=\frac{\sqrt{2}}{2}$，$\cos 30°=\frac{\sqrt{3}}{2}$，$\cos 0°=\frac{\sqrt{4}}{2}$

三角函数实用歌

见方就用二倍角（角增）
指数自然往下掉（指降）
赛口加减一出现
辅角公式刀更好

注释：

见方：看见平方

赛口：sin,cos

辅角公式：$a\sin\alpha + b\cos\beta = \sqrt{a^2+b^2}\sin(\alpha+\theta)$
$a\sin\alpha + b\cos\beta = \sqrt{a^2+b^2}\cos(\alpha-\theta)$

θ 的求法：$\tan\theta = \dfrac{b}{a}$

数羊

张王羊倌两群羊
因为数羊上公堂
张羊断给王一只
两家平等好商量
王羊断给张一只
张羊便是二倍王
秀才快帮县官算
张王各有几多羊

▶ 一片冰心在玉壶

数鸡兔

南山兔子北山鸡
鸡兔跑到山谷里
数头一共三千六
数腿共有一万一
鸡兔它们各几何
过路神童笑眯眯

注释：

一千五百年前，大数学家孙子在《孙子算经》中记载了这样的一道题："今有雉兔同笼，上有三十五头，下有九十四足，问雉兔各几何？"雉（鸡）和兔同笼，头35个；脚94只。求鸡和兔各多少只？

孙子的算法：砍去一半的脚，脚就由94÷2=47只；此时每只"鸡"的头数与脚数之比变为1∶1，每只"兔"的头数与脚数之比变为1∶2。所以脚的数量与他们的头的数量之差，就是兔子的只数，即：47－35=12（只）；鸡的数量就是：35－12=23（只）。下面用孙子的算法，看一下我们运这道题的计算。

解：

11000÷2=5500（只）

兔的只数：5500-3600=1900（只）

鸡的只数：3600-1900=1700（只）

这道题的常规解法：

1. 解：

设，全为鸡，则：

3600×2=7200

11000-7200=3800

兔子：3800/（4-2）=1900（只）

鸡：11000-1900=1700（只）

2.解：

设全为兔，则：

3600×4=14400

14400-11000=3400

兔子：3400/（4-2）=1700（只）

鸡：11000-1700=1900（只）

3.方程解：

设鸡x，兔为（3600-x）

11000=2x+(3600-x)×4

11000=2x+14400-4x

4x-2x=14400-11000

x=3400÷2

=1700（只）

兔：3600-1700=1900（只）

▶ 一片冰心在玉壶

数鹤鹿

仙鹤黄鹿四十九
一百条腿地上走
鹤鹿多少先生问
学生立刻开了口

注释：

解：(用孙子的方法)

100÷2=50

50-49=1

49-1=48

第八章　中高考篇

数梨

一伙老头去赶集
一买买了一堆梨
一人一个多一个
一人俩梨少俩梨
拍拍脑袋想一想
几多老汉几多梨

注释：

解：

老头：$\dfrac{1+2}{2-1}=3$

梨树：3+1=4

算法介绍：

设余为 a，不足为 b，

有余加不足 : a+b=c

多减少，再去除。

b-c=d

即：

$x = \dfrac{c}{d} = \dfrac{a+b}{b-a}$

常规算法：

解：设老头为 x

2x−2=x+1

x=3

梨：3+1=4

化合价

一价氢钠钾氯银

二价氧硫镁钙锌

三价铁氮金锑铝

四价碳硅锡锰五价磷

分子式歌

正价在左负在右
正写反读好交流
原子个数右下角
根带括号数下右
阴离子多了先称过
阴离子少了亚作首
阳离子多了带上亚
不如法的记心头

注释：

$$Na^+ \left[:\overset{..}{\underset{..}{O}}:\overset{..}{\underset{..}{O}}: \right]^{2-} Na^+$$

过氧化钠

(1) 元素多了先称过。在化合物中，是按化合价的比例，化合在一起的，Na_2O 这是氧化钠。而 Na_2O_2，这是过氧化钠。这两个 O，形成共用电子对，显示 −2 价。因为多了一个 O，所以，叫过氧化钠。

(2) 元素少了亚作首。例子：亚硫酸钡 $BaSO_3$，比 $BaSO_4$ 少了一个 O 氧原子，所以叫亚硫酸钡。

Cu_2SO_4 比硫酸铜多了一个 Cu，所以叫硫酸亚铜。

▶ 一片冰心在玉壶

碳酸钙歌

石灰石上纹石彩
大理石座镶汉白
白垩方解钟乳美
神人书下碳酸钙

注释：

碳酸钙，又称石灰石、纹石、大理石、汉白玉、白垩石、方解石。它的化学式：$CaCO_3$，在中考中频繁出现。

碳酸钠歌

碳酸钠，碱苏打
块碱碱面都是它
纯碱口碱洗涤碱
盐的通信顶呱呱
易溶水，强电解
白色粉末常规下
印染肥皂洗涤剂
玻璃造纸照彩霞
炼钢炼锑脱硫剂
味精鲜美王母夸
制革问它名和姓
化学赐名碳酸钠

注释：

碳酸钠：$NaCO_3$

碳酸钠又叫纯碱，是盐不是碱。又名碱、苏打或块碱、碱面、纯碱、口碱、洗涤碱。是一种易溶于水的白色粉末，溶液呈碱性（能使酚酞溶液变浅红）。

▶ 一片冰心在玉壶

溶解主歌

氨钾全溶钠全溶
硝酸根子溶无踪
硫酸碳酸钡沉淀
纹石咕咚掉水中
氯家单沉氯化银
硫酸钙银是微溶

注释：

部分酸、碱和盐的溶解性
（20℃）

阴离子 \ 阳离子	OH^-	NO_3^-	Cl^-	SO_4^{2-}	CO_3^{2-}
H^+	—	溶、挥	溶、挥	溶	溶、挥
NH_4^+	溶、挥	溶	溶	溶	溶
K^+	溶	溶	溶	溶	溶
Na^+	溶	溶	溶	溶	溶
Ba^{2+}	溶	溶	溶	不	不
Ca^{2+}	微	溶	溶	微	不
Mg^{2+}	不	溶	溶	溶	微
Al^{3+}	不	溶	溶	溶	—
Mn^{2+}	不	溶	溶	溶	不
Zn^{2+}	不	溶	溶	溶	不

续 表

阴离子＼阳离子	OH^-	NO_3^-	Cl^-	SO_4^{2-}	CO_3^{2-}
Fe^{2+}	不	溶	溶	溶	不
Fe^{3+}	不	溶	溶	溶	—
Cu^{2+}	不	溶	溶	溶	不
Ag^+	—	溶	不	微	不

注："溶"表示那种物质可溶于水，"不"表示不溶于水，"挥"表示挥发性，"——"表示那种物质不存在或遇到水就分解了。

这是中考要求背下来的表，一般学生觉得有些困难，借助"诗歌"可以轻松记忆。

▶ 一片冰心在玉壶

溶解挥发诗

硝酸碳酸氯化氢
氨水若神在其中
挥发溶解集一身
四个挥溶仙气升

注释：

HNO_3，H_2CO_3，HCl，NH_4OH

葡萄糖歌

碳是六，氧是六，
中间氢是两个六。
葡萄糖，打滴流。
老师一听六点头。

注释：

分子式：$C_6H_{12}O_6$

二氧化碳和氧化钙与水歌

二氧化碳入水欢
生出碳酸笑开颜
绿水巧遇氧化钙
熟石灰让白玉惭

注释：

1. 二氧化碳入水欢，生出碳酸笑开颜：

$CO_2+H_2O == H_2CO_3$

2. 绿水巧遇氧化钙，熟石灰让白玉惭：

$CaO+H_2O == Ca(OH)_2$

乙醇燃烧歌

一个酒精三氧燃
两个干冰笑开颜
三个水儿舞姿美
等号点燃是条件

注释：

$C_2H_5OH+3O_2 \xrightarrow{点燃} 2CO_2+3H_2O$

▶ 一片冰心在玉壶

碳酸氢钠歌

食用碱，小苏打
苏打粉，小重曹
无臭味咸可溶水
白色晶体龙宫大
汽水馒头与饼干
治疗胃酸助消化
少女美容变仙女
碳酸王子娶氢钠

注释：

1. 碳酸氢钠：$NaHCO_3$
2. $NaHCO_3$，俗称食用碱，小苏打，苏打粉，重曹。
3. 碳酸王子娶氢钠：$NaHCO_3$，氢：H（氢）；钠：Na。

向石灰水中吹气歌

熟石灰上吹口气
干冰仙女显神奇
石灰水里变浑浊
钟乳石美在水底

注释：
中考中有道题：向石灰水中吹口气。
$Ca(OH)_2 + CO_2 =\!=\!= CaCO_3\downarrow + H_2O$

高锰酸钾歌

高锰酸钾真阳光
紫黑颜色呈片状
过锰酸钾是小名
PP 粉带灰锰氧
消毒漂白能洗胃
雪地路标紫光强
葡萄球菌链球菌
大肠杆菌全扫荡
人体健康用处大
除臭杀菌又制氧
一钾一锰氧四个
化学王国上皇榜

注释：

化学式：$KMnO_4$ 高锰酸钾，俗称过锰酸钾，PP 粉，灰锰氧。

高锰酸钾制氧歌

两个灰锰氧
加热分身强
锰酸钾软锰矿
气体飘来那是氧

注释：

$2KMnO_4 \xrightarrow{\text{加热}} K_2MnO_4 + MnO_2 + O_2\uparrow$

▶ 一片冰心在玉壶

氯酸钾歌

氯酸钾强氧化剂
400度时就分离
白色粉末映月光
无色片状结晶体
洋硝盐卜白药粉
三顶桂冠三杆旗
盐卜两个来加热
软锰矿作催化剂
三个氧气仨才子
氯化钾美俩仙女

注释：

氯酸钾俗称洋硝、盐卜、白药粉。它的分子式为：$2KClO_3$。

$$2KClO_3 \xrightarrow[\Delta]{MnO_2} 2KCl + 3O_2 \uparrow$$

二氧化锰不参与反应，仅为催化剂。

六大白色沉淀歌

毒重石上唱钡餐

氯化银被石膏喊

苛性镁石汉白玉

白色沉淀哥六全

注释：

①钡餐：$BaSO_4$ 在医学界用于造影等。钡餐造影即消化道钡剂造影，是指用硫酸钡作为造影剂，在 X 线照射下显示消化道有无病变的一种检查方法。

②毒重石：学名碳酸钡，俗称毒重石，化学式：$BaCO_3$

毒重石矿在世界范围极为罕见，现目前世界上的毒重石矿基本都集中在我国，而我国的毒重石矿床又集中产于北大巴山地区，横跨陕西的汉中市、紫阳县和重庆的城口县，其储量之大及品位之高，为举世所罕见，是现今世界范围内唯一的毒重石成矿带。现在在开发的毒重石矿基本集中在重庆地区。

③苛性镁石：学名氢氧化镁，俗称苛性镁石，化学式：$Mg(OH)_2$

性状：白色无定形粉末。溶于稀酸和铵盐溶液。

用途：生化研究、糖的精炼、制药工业。

④汉白玉，学名碳酸钙，俗称石灰石、大理石等，化学式：$CaCO_3$。

⑤石膏：$CaSO_4 \cdot 2H_2O$

⑥氯化银：$AgCl$

六大营养素

蛋白质水无机盐

维生素喜糖类甜

油脂珍品天上赐

六大营养保命源

> 一片冰心在玉壶

碳酸氢铵分解歌

碳酸氢铵不简单
加热生水二氧化碳
还有氨气有刺激
它是化肥创高产

注释：

碳酸氢铵，又称碳铵，气肥，可作为氮肥，碳酸氢铵为无色或浅粒状，板状或柱状结晶体，化学式：NH_4HCO_3。

碳铵是无（硫）酸根氮肥，其三个组分都是作物的养分，不含有害的中间产物和最终分解产物，长期使用不影响土质，是最安全氮肥品种之一。它的受热分解方程式：

$$NH_4HCO_3 \xrightarrow{\Delta} CO_2\uparrow + H_2O + NH_3\uparrow$$

硝酸钾歌

硝酸钾 叫火硝
地霜苦硝和生硝
硝石炮硝钾硝石
另有皮硝乐逍遥

氯酸根歌

氯在七族十七神
阳性离子溶解真
唯有银子咱留下
打壶烧酒把诗吟

盐酸和碳酸钙歌

两个盐酸恋纹石
氯化钙颂情人诗
汗水浇开幸福花
干冰美女舞仙姿

注释：

纹石：$CaCO_3$

干冰：CO_2

$2HCl+CaCO_3 = CaCl_2+H_2O+CO_2\uparrow$

一片冰心在玉壶

双氧水制氧气

双氧水　软锰矿
收集氧气瓶里装
氧气无色能助燃
氢气飞到九天上
天宫氧气美女靓
氢氧情侣化汉浪

双氧水　闪神光
火上加热飘仙氧
观音玉瓶滴水珠
朱笔点头登皇榜

过氧化氢高情商
巧遇电解情歌唱
氧气姑娘舞姿美
氢气小伙乘风上

电解水歌

水中通电氢氧跑
此是分离有奥妙
正氧体小能助燃
负氢体大它燃烧

九种金属之最歌

人体金属钙第一
地壳最多那是铝
产量最高当属铁
导电导热银无比
熔点最高钨在上
汞的熔点它最低
锇的密度在首位
密度最小金属锂
硬度最高铬为大
金属之最诗神奇

分子量歌

火碱 40 水 18
文石 100 神人夸
干冰称来 44
乙醇醉倒四六侠
苏打笑云 83

盐酸和碳酸钠

一对盐酸入纯碱
空中飞出二氧化碳
水儿妹妹俏声喊
二哥食盐到眼前

煅烧大理石

大理石上加高温
干冰美女化彩云
洁白如玉生石灰
装点江山自然新

二氧化碳歌

不燃烧　反燃烧
救火剂中灭火药
密度略比空气大
石灰水中纹石掉
无色无味微溶水
水中碳酸微微笑
光合作用做大事
温室效应逞英豪
龙王麾下降雨神
制造烟雾仙气妙
举首观赏神话剧
干冰仙女任逍遥

电路主题歌

一条红线王母猫

两个规律文曲笑

三串公式跟着跑

3261 真奇妙

注释：

（1）一条主线，两个规律，三串公式。

两个规律指：欧姆定律、焦耳定律（内容、公式、适用范围）。

三串公式指：基本公式（定义式）、导出式、比例式。

（2）这条主线概括为"3261"，具体数字表示如下：

"3"指3个基本电学实验仪器——电流表（安培表，A）、电压表（伏特表，V）、滑动变阻器。

"2"指2个基本电路连接方式——串联电路、并联电路。

"6"指6个电学物理量（初中）——电流、电压、电阻、电功、电功率、电热。

"1"指1种最为典型的电学实验方法——伏安法（测电阻、电功率等）。应掌握在测电阻和测电功率的具体实验中的常规处理方法，包括它的实验仪器、实验原理、电路图、操作方法等。

▶ 一片冰心在玉壶

表的接法歌

电压表

要并联

电流表

串起捡

V 表的 R

无穷大

A 表中电阻

是导线

注释：

V：电压表；R：电阻；A：电流表。

电压表（V）表的R无穷大，电压表的电阻非常大，没有电流通过，像断路一样。

电流表（A）表，R非常小是个通路。

三种电路歌

短路火线连零线
断路未合电开关
通路用电是正常
欧姆定律巧计算

右手定则歌

安培定则好风光
电流生磁生右向
右手四指指电流
拇指 N 极说磁场

左手定则歌

磁线穿过手心中
四指顺着电流行
大拇道出安培力
左手定则笑盈盈

一片冰心在玉壶

说功率

记功率 似行走
功比时间要加油
机械功率是笑童
力乘速度乐悠悠
电的功率更有趣
电压多情乘电流
电压自乘比电阻
I方R文笔秀
焦耳定律电变热
电热有缘诗一首

注释：

功率是指物体在单位时间内所做的功的多少，即功率是描述做功快慢的物理量。功的数量一定，时间越短，功率值就越大。求功率的公式为功率＝功／时间。功率表征做功快慢程度的物理量。单位时间内所做的功称为功率，用P表示。故功率等于作用力与物体受力点速度的标量积。

单位：焦耳

电功率计算公式：$P=W/t=UI$；

在纯电阻电路中，根据欧姆定律 $U=IR$ 代入 $P=UI$ 中还可以得到：$P=I^2R=U^2/R$

在动力学中：功率计算公式：

1. $P=W/t$（平均功率）

2. $P=FV$；$P=Fv\cos\alpha$（瞬时功率）

因为 $W=F$（F力）$\times S$（s位移）（功的定义式），所以求功率的公式也可推导出 $P=F·v$

$P=W/t=F\times S/t=F\times V$（此公式适用于物体做匀速直线运动）

物理单位：

1. 国际单位：瓦特（W）

2. 常用单位：

$1\ kW=1×10^3W$

$1\ MW=1×10^3kW=1×10^6W$

1 马力 =735W

马力：功率越大转速越高，汽车的最高速度也越高，常用最大功率来描述汽车的动力性能。最大功率一般用马力（PS）或千瓦（kW）来表示，1马力等于0.735千瓦。$1W=1J/s$。

物理规律：

在串联电路中 $(I_1=I_2)$，$P_1:P_2=U_1:U_2=R_1:R_2=W_1:W_2$

在并联电路中 $(U_1=U_2)$，$P_1:P_2=I_1:I_2=R_2:R_1=W_1:W_2$

▶ 一片冰心在玉壶

声学歌

声音学中三要素
音色音调与响度
材料不同音色变
响度大小靠振幅
频率它专定音调
乐音旋律仙曲谱

注释：

1. 音调：人耳对声音高低的感觉称为音调。音调主要与声波的频率有关。声波的频率高，则音调也高。

物体在 1 秒内振动的次数叫频率。物体振动得越快，频率越大。所以，音调跟发声体振动的频率有关系。频率越大，音调越高；频率越小，音调越低。男低音歌唱家可以低到每秒 65 次，而女高音歌唱家可以高达每秒 1180 次。

2. 响度：人耳对声音强弱的主观感觉称为响度。响度和声波振动的幅度有关。一般说来，声波振动幅度越大则响度也越大。

物体在振动时偏离原来位置的最大距离叫振幅。实验表明，音叉叉股、橡皮筋的振幅越大，人们听到的声音越大。所以，人耳感觉到的声音的大小——响度，跟发声体的振幅有关系。振幅越大，响度越大；振幅越小，响度越小。响度还跟距离发声体的远近有关系。声音是从发声体向四面八方传播的，越到远处越分散，所以人们距发声体越远，听到的声音越小。如果能够想办法减小声音的分散，就可以使声音响度更大些。

3. 音色：音色是人们区别具有同样响度、同样音调的两个声音之所以不同的特性，或者说是人耳对各种频率、各种强度的声波的综合反应。音色与声波的振动波形有关，或者说与声音的频谱结构有关。

胡琴、钢琴、吉他、笛子等乐器发出的声音，即使音调、响度都相同，我们也可以分辨出来，可见乐音除了音调和响度这两个特征外，还另外有一个特征；这第三个特征叫作音色，我们能够分辨出各种不同乐器的声音，就是由于它们的音色不同。人的声音的音色也因人而异，所以我们闭着眼也能听出是哪位熟人在讲话。

浮力歌

排开液体量重量
重量化牛正相当
空中重，液中重
差是浮力不商量
浮力 q 液正比例
液不变来体自强
浮力方向总指天
阿基米德上神榜

▶ 一片冰心在玉壶

自然金属特性歌

说金属

五特性

延展性

不透明

导电导热有本领

光泽亮晶晶

钨难熔

易熔汞

铝最轻

锇最重

铬是金属它最硬

1992.3.8

注释：

金属具有导电性、导热性、延伸性、不透明、有光泽、硬度大、强度大、密度高、熔点高、有良好的金属光泽等物理性质；同时，金属的化学性质活泼，多数金属可与氧气、酸溶液、盐溶液反应。

一些金属具有特殊的物理性质，如：钨的熔点极高，铜的导电性良好，金的展性好，铂的延性好，常温下的汞是液态等。

在自然界中，绝大多数金属以化合态存在，少数金属例如金、银、铂、铋以游离态存在。金属矿物多数是氧化物及硫化物，其他存在形式有氯化物、硫酸盐、碳酸盐及硅酸盐。

属于金属的物质有金、银、铜、铁、锰、锌等。在一大气压及25℃的常温下，除汞（液态）外，其他金属都是固体。大部分的纯金属是银白（灰）色，只有少数不是，如金为黄赤色，铜为紫红色。汉字中，金属大多带"钅"旁。

主族金属元素的原子半径均比同周期非金属元素（稀有气体除外）的原子半径大。

反射光路图法

反射先要画法线
反入夹角平分线
垂直法线立界面
光线方向标齐全

注释：

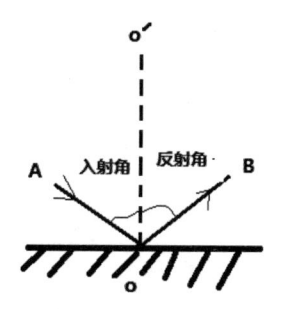

1.光的反射：光从一种介质射向另一种介质表面时，一部分光被反射回原来介质的现象叫作光的反射。

2.反射定律——一点两角三线

一点（入射点）：入射光线与镜面（反射面）的交点；

两角：

入射角：入射光线与法线的夹角；∠AOO'

反射角：反射光线与法线的夹角。∠BOO'（实线）

三线：

法线：过光的入射点所作的与反射面（镜面）垂直的直线；OO'（虚线）

入射光线：箭头指向镜面的光线，AO

反射光线：箭头背离镜面的光线，BO

注意：法线是入射光线与反射光线夹角的角平分线。